云水诗心

第五届缙云诗会作品集

中共重庆市北碚区委宣传部 编

西南大学出版社

图书在版编目（CIP）数据

云水诗心：第五届缙云诗会作品集 / 中共重庆市北碚区委宣传部编. -- 重庆：西南大学出版社，2024.10. -- ISBN 978-7-5697-2754-8

Ⅰ．I227

中国国家版本馆CIP数据核字第2024YB9114号

云水诗心：第五届缙云诗会作品集
YUN SHUI SHIXIN：DI-WU JIE JINYUN SHIHUI ZUOPIN JI
中共重庆市北碚区委宣传部　编
刘　永　主编

责任编辑：秦　俭
责任校对：徐庆兰
封面配图：马冀渝
配图编选：吴祥鸿
出版发行：西南大学出版社（原西南师范大学出版社）
　　　　　地　址：重庆市北碚区天生路2号
　　　　　邮编：400715
排　　版：重庆新金雅迪艺术印刷有限公司
印　　刷：重庆新金雅迪艺术印刷有限公司
成品尺寸：145 mm×210 mm
印　　张：7.875
字　　数：147千字
版　　次：2024年10月第1版
印　　次：2024年10月第1次印刷
书　　号：ISBN 978-7-5697-2754-8

定　　价：68.00元

编委会

顾　问：何　浩　李少君　吕　进　冉　冉
主　任：王　俊　黄祖英
副主任：刘　永　杨　辉
主　编：刘　永

编　委：陈福厚　胡一珊　蒋登科　刘　永
　　　　向天渊　杨　辉　张汝国

代 序

缙云山中，涌动着诗歌的千军万马

王冰[1]

就像沿着嘉陵江行走，你就一定会遇到北碚，你一到北碚，就会碰到气象万千的缙云山一样。一到缙云山，你一定会心中有诗，笔下有意。如此，源源不断的诗句，就会从我们的心里自然涌现出来。然后，我们就会一下子想到北碚有个"缙云诗会"。

"缙云诗会"是中国诗歌中具有很强地域色彩的诗歌平台，也是一个汇聚众多优秀诗人到此抒情写意、以文会友的平台，更是《诗刊》社、重庆市作协、北碚区委区政府和西南大学共同举办的一个全面展示北碚自然风貌、人文历史、发展变化的平台。

"缙云诗会"自2019年正式启动，历经六届，已经成为具有北碚文化特质与校地合作特色的全国知名诗歌节会品牌。历届来自全国各地的很多优秀诗人，参加过"缙云诗会"后，都留下了不少与北碚相关、与缙云山相关的诗歌。

第五届"缙云诗会"以"云水诗心"为主题，以诗歌为媒介、文旅为载体，聚焦生态田园都市区、人文科教创新城，做好生态人文、科技创新、民营经济、

---

1. 中国作协《诗刊》社副主编、《中华辞赋》杂志社社长。

城乡融合"四篇文章",扎实推进缙云山生态环境综合提升"后半篇"文章,高效推进缙云山"一心四片"整体改造提质,助推文化旅游深度融合。同往届一样,汇聚起来很多个性、地域性和艺术性兼具的诗歌作品,最终汇编成了这样一本精美的诗集。

在《云水诗心:第五届缙云诗会作品集》里,我们会看到里面奔腾着北碚的万千景象,我们也会在其中碰到诗歌的千军万马,而这都得益于"缙云诗会"的举办。其中的作品或是描摹北碚这个川东平行岭谷区优美的自然风光,或是书写北碚丰富的历史文化遗产和深厚的人文底蕴,或是展示北碚改革开放以来所发生的天翻地覆的变化,所取得的巨大成就。这些诗作都是来到北碚的诗人,在新时代对这片土地的诗意表达,是"缙云诗会"的直接成果。

首先,作品集是对北碚风景风物的一次书写与展示。比如唐力在《黛湖短章》里写道,"(黛湖)是缙云山的眼睛 // 是风的眼睛,在草的发尖 / 是云的眼睛,在树的眉睫","每一滴水,都是词语的眼睛","沿湖而行 // 踏出的步履,都有唐代的平仄 / 都有千年不绝的回音"。景色如此之美,"目睹它的人",肯定会在这种幸福中晕眩。

许永的《缙云山记》写到当他站在缙云山尽头,"解开衣襟,去接这满山细雨"的时候,雾气就宛如茫茫信仰,包裹着眼前草木和鸟鸣,这时候,"鸟鸣声悠长,高低交错,和大雾纠缠着","走进密林深处时,头顶斗篷般的阔叶沙沙响/大雾还未消散,细雨宛若一段没有句号的诗节/将绵延的诗意在山脊上延伸着",如此就把缙云山的美从更为开阔的角度书写出来了。

袁刘《云水之上(组诗)》也用《缙云山下》《山中笔记》《峭壁上的江水》《云水之上》几首诗歌,对缙云山水做了一次很好的展示。其他的作品,比如程东斌的《北碚:云水滋养的一颗诗心(组诗)》、龚会的《偏岩雨》、黎落的《缙云下,你的别愁必然带上多汁的雨水和灰鹨的大翅(组诗)》等,也都是这样的作品。

其次,作品集是对北碚人文历史的一次再现。比如王久辛所写的《默念的心语——给先人卢作孚》,是一篇富有哲理的文章,其中写道:"他(卢作孚)把大到无边的想象,落实到小的、极其的细微之中,以精微之细腻的实现,来兑现伟大的理想。"这既是卢作孚作为个人的"灵肉血魂铸就的初心",更是我们民族的"希望之光,自信之光,奋斗之光,也是前方不远处的成就之光"。这样就把卢作孚的人格用短短的文字概括出来了。

比如土瑶宇所写的《缙云山的寺庙与道观(组诗)》,是从另外一个角度来写缙云山的人文历史的,他写缙云寺、温泉寺、复兴寺、白云观、绍龙观,通过"寺院里的碑刻文字"去靠近历史,进入历史,让人感觉到了历史与现实在这里的"交流、汇聚、往返"。

杨康的《在一首古诗的褶皱里,铺平北碚缱绻现代的美(组诗)》,写得很唯美,在《别问归期》中,他写道,"桂花的香如迷人的漩涡","蓝天白云被风轻轻推动 / 天辽地阔,一个人的心事也就藏不住了"。《秋上秋池》写的那一场夜雨,让"一位唐朝诗人被隔空围观",于是"秋天就变成了一个明亮的词语","北碚就变成一个幸福的词"。

北晚所写的组诗《缙云山上二三人(组诗)》有三首,其中一首在"致李商隐"时,才发现"黛湖的波声推开了窗子","一股凉风 / 吹拂一页纸角,如吹动染尘的前朝往事",由此将千年过后的巴山、夜雨、秋池,在交错的光影中推向了我们。

另外,郭建强的《临峡防局旧址,观嘉陵大水,怀卢作孚先生》也写得很大气。

再次,作品集是对北碚日常生活的一次歌咏。

蒋登科是卓有成就的诗评家、诗歌研究家,也是诗人,他所写的《在北碚遇到寒潮》就是一篇优秀之作。他从温暖而阳光的日子,写到了寒潮袭来的冬天。在这样的时光流转中,诗人"见到了阳光,见到了花开,见到了蜜蜂飞舞的场景。/ 见到了笑脸,见到了闲适,见到了蝴蝶一般的人群。/ 校园里的玉兰本来很娇柔,也在阳光下绽放",他还写到了"我们的日子没有征兆地回到了寒冷的冬天。/家乡开始下雪,道路开始结冰,盛开的樱桃花凋谢,疯长的豆苗低下了昂起的头",于是他感到"春天和温暖都来之不易"。这是一种个体化的深刻的人生体验,是用诗歌书写出的人生的起伏与走向。

李元胜是获得过鲁迅文学奖的诗人,本届"缙云诗会",他写了两首诗,一首是《在北温泉,茶会闻〈碧涧流泉〉》,一首是《在缙云山,见梅》,这符合他一贯的写作风格,从容且透彻。正是因为他的心态从容,所以他写作诗歌的节奏就能放缓,他就可以更多地去怀想、去推断、去诉说。由此他才能这样写道:"以昨日为琴,可得寂静/以昨日为山,可得荆棘"、"我的杯盏里,浮着北海的船/南山的樱花……"于是他在自己云游万里之后,还能感受到"肉身还在北碚",这便是对北碚极大的热爱和依恋了。因而,他在缙云山看到的"梅",是"粉白的,也许还有粉红的/仿佛被驱赶的羊群/从泥土里出发/穿过树干,一直奔跑到枝头";他也知道在生命中,"所有路的尽头/也是你们唯一的出口"。这样的诗歌,写得很是唯美、健康、也深刻,确实是一首好诗。

另外,朝颜的《北碚书(组诗)》、秦俭的《缙云相思》、黄钟的《雨至缙云,或北碚生活实录(组诗)》、杨不寒的《北碚诗章(组诗)》也都是不错的诗歌。

最后，作品集是对北碚走向中国式现代化的一次记录。

我们知道，新时代，我们诗人最主要的创作方向，就是要去书写新时代中国式现代化建设的生动实践，描绘出新时代新征程的恢宏气象以及蕴含其中的中国精神，所以在作品集中必然会有这样的作品。比如唐敏写的《蝶变的碚城》，她从时间中透视，在山水间升腾，看到了一座城从"相思落满巴山夜雨的秋池"，走到了"拉响启航的汽笛，展开乡村振兴的蓝图，按下了发展的'加速键'"，那么"北碚，重庆美丽的都市花园"，必然是天更蓝、山更绿、水更清了。

当然，其他诗作也是优秀之作，在此就不一一赘述了。

北碚是一座到处充满诗意，诗人辈出，诗歌创作丰富的城市。北碚人文历史底蕴丰厚，1986年6月成立的中国新诗研究所，是全国第一家独立建制的专门研究新诗的学术机构，成果甚多。北碚有以吕进、傅天琳、蒋登科等为代表的优秀诗人，他们都曾写出过很多优秀的诗歌作品。而此次作品集的汇总编撰，是北碚用诗歌对当代区域的一次审美建构，也是北碚的一次人文价值重建，对于构建和传承北碚的文化传统，尤其是北碚的诗歌传统，无疑会起到加油助力的作用。

是为序。

目　录

⋀⋀⋀ 北　晚
缙云山上二三人（组诗）　　　　　　　　　002

⋀⋀⋀ 程东斌
北碚：云水浩荡的一颗诗心（组诗）　　　010

⋀⋀⋀ 邓　可
重返故乡（组诗）　　　　　　　　　　　020

⋀⋀⋀ 龚　会
偏岩雨　　　　　　　　　　　　　　　　028
作孚茶　　　　　　　　　　　　　　　　032
兰草园　　　　　　　　　　　　　　　　033
归途中　　　　　　　　　　　　　　　　035

⋀⋀⋀ 郭建强
临峡防局旧址、观嘉陵大水、怀卢作孚先生　038

⋀⋀⋀ 黄　钟
雨至缙云，或北碚生活实录（组诗）　　　044

蒋登科
在北碚遇到寒潮　　　　　　　　　　054
漫步嘉陵江边　　　　　　　　　　　055

黎 落
缙云下，你的别愁必然带上多汁的雨水
和灰鹨的大翅（组诗）　　　　　　　058

李元胜
在北温泉，茶会闻《碧洞流泉》（外一首）070
在缙云山，见梅　　　　　　　　　　071

罗燕廷
云水巴山，或反复写下的五行诗　　　074

聂树平
李商隐在金刚碑煮茶　　　　　　　　082

秦 俭
缙云相思　　　　　　　　　　　　　084

唐 力
黛湖短章　　　　　　　　　　　　　088

唐　敏
蝶变的碚城　　　　　　　　　　　　094

万世长
北碚之恋（组诗）　　　　　　　　　098

王爱民
为什么一次次写到巴山夜雨（组诗）　106

王久辛
默念的心语——给先人卢作孚　　　　114

王瑶宇
缙云山的寺庙与道观（组诗）　　　　118

吴　沛
黛　湖　　　　　　　　　　　　　　128
缙云山怀古　　　　　　　　　　　　129

吴祥鸿
龙凤溪说　　　　　　　　　　　　　132

邢海珍
巴山雨与诗的远方（组诗）　　　　　138

003

许 丞

缙云山记 142
偏岩古镇手记 144
很多人朝江面看去 145
一支遥远的歌 147
去嘉陵江边小憩 148

薛培新

听,夜雨在敲打缙云山的琴键(组诗) 150

杨不寒

北碚诗章(组诗) 158

杨 康

在一首古诗的褶皱里,
铺平北碚缱绻现代的美(组诗) 170

杨文霞

北碚十二时辰(长诗) 176

姚 彬

寄北碚 196

∧∧∧ 袁 刘
　　云水之上（组诗）　　　　　　　　200

∧∧∧ 张 鉴
　　巴山夜雨，寂静的怀想（组诗）　　208

∧∧∧ 朝 颜
　　北碚书（组诗）　　　　　　　　　211

∧∧∧ 震 杏
　　自在北碚，归期藏在一首诗中（组诗）　222

∧∧∧ 郑劲松
　　缙云山月　　　　　　　　　　　　230

风起云涌缙云山 吴祥鸿/摄

本名祝宝工,中国诗歌学会会员。第四届"巴山夜雨诗歌奖"三等奖得主。

北晚

缙云山上二三人（组诗）

致李商隐

烛光越过了诗页的边缘
影子在墙面上走动
黛湖的波声推开了窗子，如果秋雨将至
先来的肯定是一股凉风
吹拂一页纸角，如吹动染尘的前朝往事

恰似一场梦。时间从山顶漂流而下
在分岔的路口，在飞离的枝上
许多变身为灰色的鸟雀默诵着古老的平仄
寂静如此稳定，但烛火摇曳
意指离别与相逢

巴山，夜雨，秋池
千载过矣，我想象李商隐平和的心境
他起身，从交错的光影中移除自己
好像三百年大唐留出的一章
余白，颇具启示

致梁实秋

入山,踏入水的绿藻中

那时间的浅滩上,留下梁实秋的足迹

轻盈的跫音,梦的宁静

环绕,拖曳,浮起

缙云山,为寻求心安的人准备了干净的秋天

林下小路的那端系着悠悠白云

沓沓钟声,液化安静的天空

一部分蔚蓝,一部分靛青

我选择了先生选择走的那一条路

离诗国更近,离人间更远

我们共用一种绵柔的性格

在黄昏里一同温习"君问归期未有期"的疑问

致傅天琳

果园飘香,时代宁静

路过的人们停下脚步,向那里眺望

诗人所爱的时光

与陌生的你我分享。八月之后,瓜熟蒂落

我们说着,吃着

读着她的诗句,我们都知道,总有一天天空明亮

我们约定到彼此的果园做客

记住那陌生人

记住那个邂逅的午后

缙云山上的鸟群从这里飞向那里,我们用手指着

好像在点数书架上的诗集

找到诗人归去的踪迹

在枝头,在最红的果子闪烁的晶光里

记住那曾经的忽视

记住一生的最爱

致吕进

你递给我一把钥匙

金色的钥匙

打开诗国的大门。你送给我古典的平仄

进入李商隐的世界

那一天秋雨纷纷,一个人的耳朵变成押韵的钟声

我们都不刻意占有

而是让出

让出缙云山,给更多行旅中的诗人

从岁月的痕迹里觅寻到美学的足迹

命名那些来来往往

命名那些荣辱得失

像儿童一样看待 21 世纪的突飞猛进

我们都应该写些什么,表达问候

并以此来证明,我们来过

没什么是我们索取的,除了诗

"仿佛我们只是我们自己的

反射:在这一世界我们拥有另一个的全部。"

静静的梁滩河　吴立煌/摄

致李元胜

虚度人间的一个下午,换算成缙云山

一只蚂蚁从一棵树爬向另一棵树

时间里的缓慢

全部集中于此

我们在小纸条上写诗,写缙云山,写李商隐

写果园里的爱情

我们都拥有这么独特的手艺

——写诗

我们无法不爱,这人间

变白了天空是我们喜爱的纱衣

吻过她的脚踝,再轻轻地牵着她的手,缪斯——

时光凝萃的石头,铺成我们眼前的路

缙云山的云变成一艘船

变成飘扬的名词、动词、形容词

我们都不拒绝风的吹拂

不拒绝虚度,更多个我们在一起的下午

中国诗歌学会会员，安徽省作家协会会员。第四届"巴山夜雨诗歌奖"优秀奖得主。

程东斌

北碚：云水滋养的一颗诗心（组诗）

白云竹海的梵音

云，浮在高处，堆成缙云山的峰巅
抱着雨滴，为一首诗
备好穿越时光的足音。云，潜入低处
缙云山心坎的一汪水泽
就邀下了天空和佛影。养云的缙云山
视每一株草木为手中笔
铺云为纸，写诗，写经
写夜雨的籽粒长成北碚的篇章

赤色的帛褪尽了某些事物，就变成白云
白云里有村子，白云可以回家
有寺庙，白云就有了栖息的飞檐
与皈依的佛境。当大片的竹子透过云层
凌空晕成绿海时
波涛就在缙云山的心坎中，漾起梵音

人在古刹中修行，修成一朵白云
古刹就长高一寸
竹子在白云中修心，心越修越空
装下了竹海、缙云山，以及人间梵音

徜徉白云竹海，每一棵竹子的竹节
似一粒粒偈语向上攀缘、追问

被竹荫中透下的阳光，磨出

一道道露于体外的年轮，或佛珠

风吹竹海，我似一朵白云

潜入一棵竹子里，成为竹子的一部分

等人认领。任由认领者将我做成一支笛子、箫

或尺八，为竹海代言，佛境发声

北温泉的诗意和慈悲

北温泉的泉水恪守与人体接近的温度

久了，水滴就会开口

唱佛址的梵音，说石头的絮语

而那轻念的心经

只有与北碚成为近亲的人，才能领悟

浸入温泉，身体就被水滴

打通了无数条路径。干渴处的吮吸声

旧疾中的针灸音，以及心田的灌溉响动

一起溢出水面

像粒粒水泡裂开的音符，在水雾中

编纂出一个人复活的曲谱

诸佛和众仙借助一尊尊石像
移步北温泉,又以粒粒水滴之声
昭告泉水的悲悯和北碚心底涌出的律动
温泉水是药,治人间干渴
愈苍生寒疾。是北碚捧出的一池羊水
让回溯之人,能在一滴水中
领略生命的造化,放大母亲的容颜

泡在北温泉,我看见了
从我体内逃出的白云、果壳、花瓣和硬痂
一个在北碚痊愈的人
深知体内的天空、田野和森林,还在

磨滩瀑布,倾泻云水的心语

龙凤溪无路可走时,便纵身一跃
带着经年的积雪
跃成一场雪崩。龙吟和凤鸣遇到悬崖
瞬间化作雷声,倾倒或飞泻间

一条溪流的苦旅

被改写成白云的珠玑，大水的律令

珠玑结帘，垂悬于北碚的一颗诗心前

撩帘走进走出的人

一再想参悟刻在三寸灵台上的经文

大水滋养的字粒，既入石三分

又被瀑布远播了心语和乡愁

千条白练誊写了大水的意图，昭告

云朵是从巨岩上流泻的

养有天空的岩石，烙有神仙和凡人的脚印

被瀑布一再洗濯，洗出跫音

那天地的走动就被一颗云水之心，熟记

立在磨滩瀑布前，我一再揣摩

瀑布下的深潭与北碚一颗诗心的潭水

哪个更清澈，哪个更辽阔

辽阔的，可以泛舟

清澈的，可以照影、邀月

大磨滩传奇 吴祥鸿/摄

秘境胜天湖

峡谷是金刀劈开的,还是峡谷里

养着金刀?其刀锋全部稀释于胜天湖中

化成碧水、翠竹、怪石和孤岛

群山将倒影养在湖水中,养在自己的呼吸里

偶有云朵泼在水面

忙于搬运山水的鼻息,瓦蓝的絮语

水面弯曲,只为将群山拥抱

大自然裁剪的一匹绿色丝绸,密织着

鸟鸣、花香

以及山水的父系和母族的基因图谱

风吹湖水,云水的镜像

就泛起一道道珠玑连起的问询

问及孤岛,孤岛不孤,只因湖水

请来了它的前世。叩击雄狮,雄狮无言

沐浴中的王,正借助湖水,将狮吼

遍及云水的疆域

问道峡洞,会有回音飞旋于湖面

曳着小船犁开湖水的诗意

曳着船中人,入了画境

露营胜天湖,以水作席,头枕青山

当翠竹的绿荫斜入梦境时

我的体内就现出一片湖

湖中彩云追着月，云水的慈光，缓缓地

照亮我一颗诗心的秘境

清泉石上流　聂平/摄

重庆巴南育才实验中学语文教师。第四届"巴山夜雨诗歌奖"三等奖得主。

邓可

重返故乡（组诗）

归 云

童年时期，我在盆地的边缘看云
做着关于成仙成佛的美梦
云是慷慨的，进入我的梦中
赐我一片潮湿一生的大雨
山林温暖，把我像种子一样温柔种下
缙云山脉哺育我脆弱的脊柱
市井的规则在远处诱惑着我
一点一点地雕刻我纯真的面容

月光拖在地上，像金刚碑的皱纹
上涨的江水淹没了老宅的屋顶
风声收割了月光，记录了历史
煤炭的梦话、挑夫的脚步、马帮的铜铃
成为圣洁的城市后面若隐若现的背景
大风向南吹，我的泪水无力阻拦
在繁华的街道中苦苦支撑我的躯体
在将要失去语言和表情的时候
为我沉默且温柔的故乡写下挽联
孤独是永恒又痛苦的话题
我与故乡在时间的云层下一无所有

"归去来兮，田园将芜胡不归？"
缙云山下，嘉陵江上

我把童年的愿望一一拾起

回到云中，回到无人居住的村庄

挥霍我的生命，拥抱无尽的荒凉

拜　水

从前，我们不知道时间的重量

以为麦子和稻谷的发芽不可阻挡

嘉陵江边的黄葛树像云，遮蔽村庄的天空

坐在古老的石板上记录岁月的声音

我们无视规则，在沙滩上写下履历

祭拜如火似水般热烈的原始欲望

祈求大海安放我们不安的魂灵

梦想如船，驾着江水驰向远方

向故乡告别，父母的哭声像影子般被拉长

村庄如水，在物质横行的年代一言不发

安静地包容我们幼稚又浮躁的形象

我们投入江水，在浪花和礁石间起伏

用血肉去迎接日子的汽笛持续鸣响

在渡口用疾病和药喂养精神，一身疲惫

像沉迷朝堂无法抽身又企图归隐的诗人
头顶厚重又黑暗的云层空空荡荡

起风了,回到我们孤独又慈祥的村庄
夜晚轻轻,江岸的灯塔光芒万丈
我们站在堤坝上,抓住罪恶的大桥
向江水诉说世世代代关于贫穷的反抗

登　高

青春当头,世界的旷野一马平川
嘉陵江边,看一个个表情漂向大海
骄傲的是我,在岸边的鹅卵石上
隐去那些所遇见的人的名字
以为写下了新的时代

黄昏时分,站在古老的缙云山门前
我像个叛逆的少年与深沉的父亲对峙
完成一次注定没有果实的赌约
星月封山,我怀揣拒绝天地的火把
在父亲的宽容中开始了无谓的攀登
黑暗中,我感到自己痛苦地衰老
生存的忧伤像洪水淹没了我的身体

嘈杂的满足感和成就感使我羞愧

我脆弱无力的身体像朝露的丰收

等待着峰顶瞬间地收割一切

黎明的山风奏响温暖的摇篮曲

云上的赤色像红杉果一盏一盏地亮

云海是江河的梦境，我在梦境中沉睡

山川悠悠，像父亲一样原谅了我

探 幽

昨天，我是缙云山不安分的儿子

我走进城市的内心，被霓虹灼伤

赤裸的我行了很远的路，在钟声响起时

返回生我养我的清澈如雾的故乡

今天，我无力质问生命的壮丽

于是我决心回到目睹饥荒的母体

在泪痕之下挖出通向春秋的道路

树冠们的沟壑像河川年少的皱纹

土壤呼吸，林间的生命在怀抱中睡去

我凭风看云，捕捉黛湖的鼻息

任由水与云在天地间自由地交配

将山脉心脏的律动作为前行的脚步
"行到水穷处,坐看云起时。"
我在山火中凝视自然与人类的神像
母亲坐在那里,铺好游子的归途

明天,我将守在山中唱古老的童谣
在我再次拥有大喜大悲之前
不会再有死亡,只有缙云寺的钟声漫长

曲径通幽处 聂平／摄

玉合山翠玉阁 聂平/摄

中国散文学会会员，重庆市作家协会会员。

龚会

偏岩雨

　　你这负阴抱阳的地界,你这依山傍水的故地,你这八曲六潭的黑水滩河,你这让出三分地多出一份天的烟火人间——偏岩!

偏岩,亲爱的
你来不来,它都在
肉身鲜活,本是饮食男女
灵魂相扣,此刻升腾华鋈
跻身错落木舍,万年台出将入相

靠着雕镂的木格花窗眺望
你踏水而来,快马而来
当当当,猛浪若飞
终在眼眸深处,我心清流婉转
此后流年,自偏岩始
临水阁楼轻掛慢酌黄昏
黄葛锁岸,爱情根系遒劲枝繁叶茂

偏岩,偏岩
这样挥汗如雨野性地爱
这样滂沱淋漓酣畅地爱
尔后,跌跌撞撞醒来
也曾奢望爱情细水长流

如黑水滩河,萦绕深浅流通古今

如青石落桥,疏密有间衔接过往

偏岩,亲爱的

雨在盛夏,手心花开

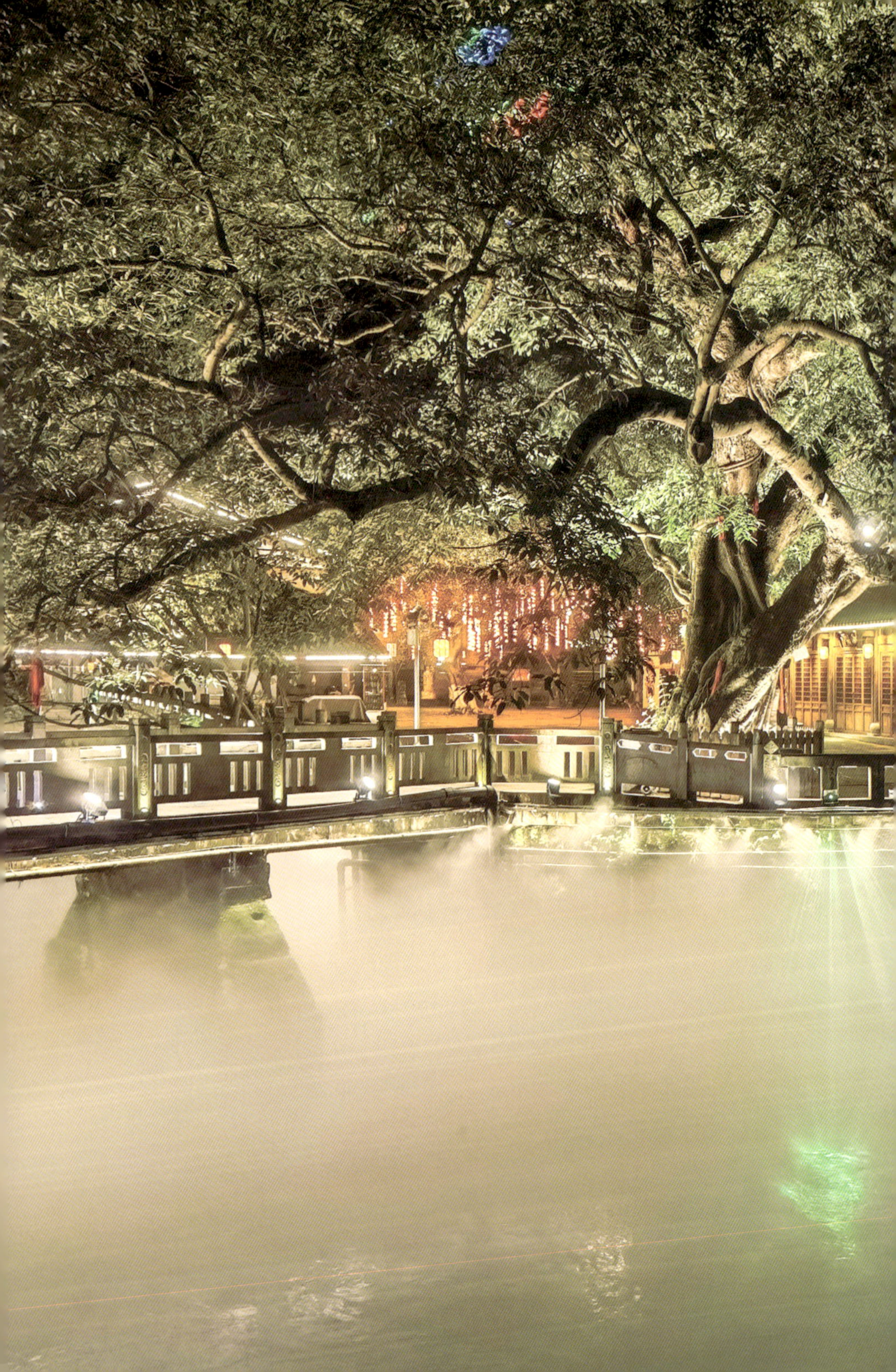

云水禅心　吴祥鸿 / 摄

作孚茶

狮子峰下，缙云寺旁

八角井边

缙云地名是它傲然的背景

每一个地名书写千年故事

神话传说、战火太平、休戚安危

以及一千六百余年的梵音

只不过是它的幕布

它的学名叫毛蕊枱叶连蕊茶

聚合了背景故事的情节

将信仰与赤子热血缀满柔枝

携带月光与时光的莹白绽放

摘叶为茶，润泽时代的心肺

茶汤氤氲之息

荟萃缙云九峰侠骨

与嘉陵乡建初衷

这一款北碚专属香茗

北碚之父以巴山夜雨烘焙而成

叫作"作孚茶"

兰草园

不知是秋阳度化缙云山
还是千年古寺度化了秋阳
迭起九峰至善至诚的煦暖
照着一群人"回家"探亲

这里长满巴山夜雨的思念
思念成蝶、成叶、成苔,落满庭院
了哥低头一撇一捺清扫
把缅怀聚堆,打包寄存
在缙云山兰草园
——霜降即将来临

柠檬诗人满脸含笑,站在白壁上
慈爱地听着一群人诗化的家常
和从前一样,她亲切温暖
和从前不一样,她安静倾听再不发言

而每一位来访者
离开兰草园时
已被柠檬诗人度化

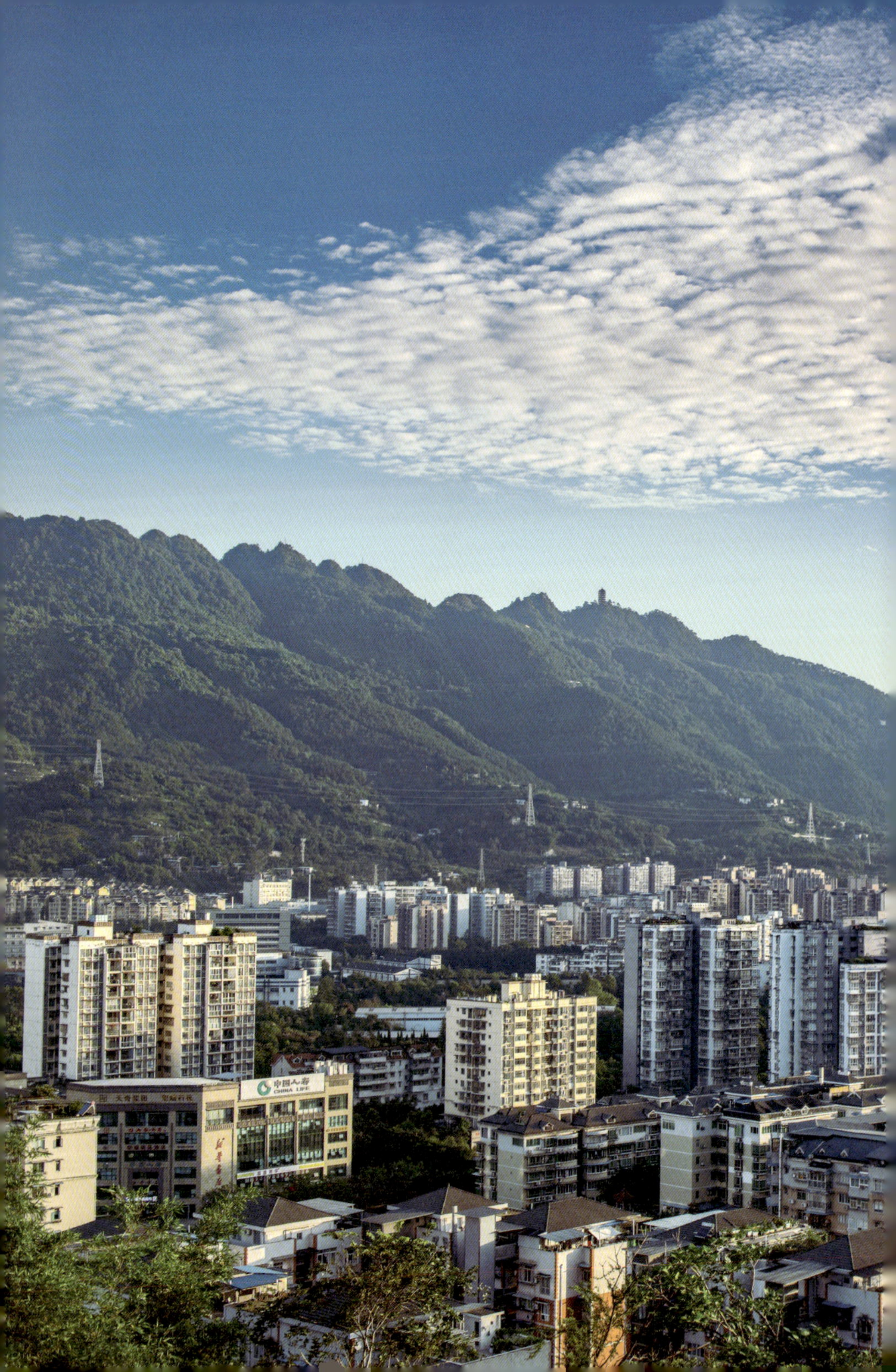
中国人寿
CHINA LIFE

缙云朝霞 吴祥鸿/摄

归途中

银河之上,自从您去了后
星星坠落,一颗一颗
滴到缙云山,云霞做客九峰

狮峰之巅剩下青石塔基
俯仰天青、江碧
我在桫椤与悬铃木的信笺上
寻找您温润而虚无的笑容
云散,月残
诵经声喃喃,峡谷回响

还有一颗一颗,洒落嘉陵江
鲛人在岸啊,我对月流珠

星月迷梦,母亲走失人间天上
我是诗歌遗忘的女儿
手捧康乃馨
无处说献词

诗人，青海省作家协会副主席，西宁市作家协会主席。

郭建强

临峡防局旧址,观嘉陵大水,怀卢作孚先生

一

江,来了,仿佛不知来处,仿佛无中生有……
江,来了,放慢脚步,眺望、回忆,凝铸时光……
江,搬运大块的自我,大块清醒的和沉睡的自我……
大块的碧玉、青玉、素玉、赤玉、墨玉,碎裂……
随之,瞬刻熔融、融溶,日月、星辰、眼眸流动……
江,吐露着秦岭的阴阳,寒暑在水面晾晒虎斑……
江,含着千里之行,也含着万年的深重
在水啸吟的骨笛上,风雪雷电雨刻显宫商角徵羽
那些音阶、那些调式,来自即灭即生的乐曲
还在临岸的黄桷、梧桐、橘叶闪烁
突绽新绿,像是一抹熟悉而只有一次的微笑
沉着地呼应人世和天宇,每一秒,每一分,每一刻
走向结实

无数胞衣暗藏各种形态、梦想和力量——
你听到被江水撩拨、唤醒和清洗的哭哭笑笑
你熟悉他们、她们和它们,都是你自己的一部分——
就是沙粒、黄土和满眼的泪热,满身的汗热
满腔的血热,和坦然于清浊转换,而执着于
息壤般创造的心热

二

从合川到北碚

大水在流速中扩大空间

同时,更在缩小——要求你将全部的江水

回旋于一枚核桃壳中,汹涌于一秒钟内

是在最小的单位里体味苦、体味酸、体味辣——

直到那种极致的咸里漾出一丝甜,是含血的甜

运载:煤炭、农产和军工的;建设;教育、交通、文化

将每一件事刻画到最具体、更微小,然后看见大海

将每一种挑战、厄苦和绝境化作

江底的森森林立的砾石、牙滩、巨岩——

用水的耐心、智慧、勇气和信心

一点点磨、一点点洗、一点点地穿透和凿通

和江水一样,我无时无刻不在失去自我的世界

而又在另一种形塑里,光照于另一种形象、行动和思想

带着江水流远,江水仍然是江水

带着无数另一个我,我进入新生的无数的我

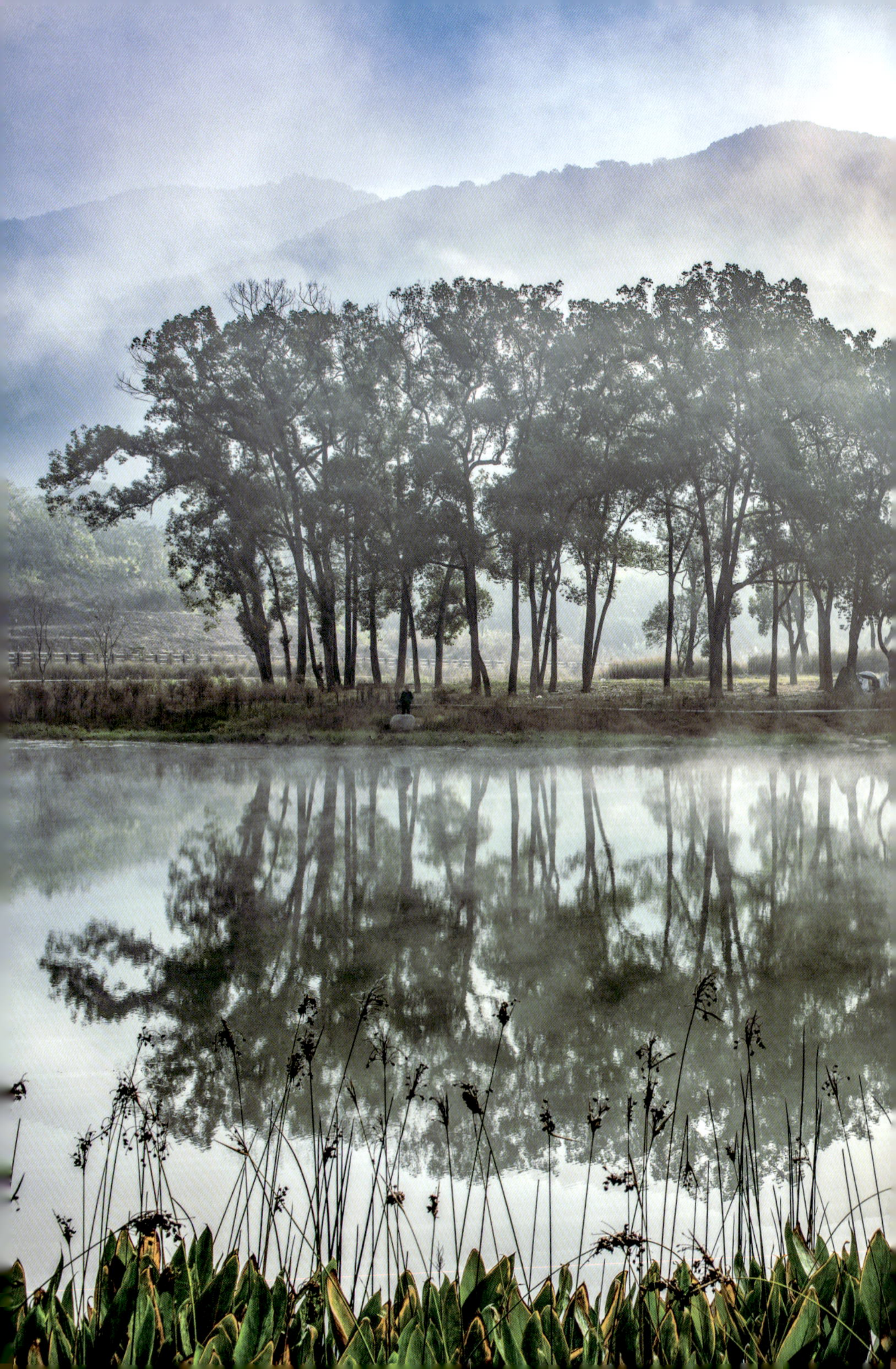

去深不知处 吴祥鸿/摄

三

月亮
一爿一爿，剜出形象

太阳
一针一针，刺绣出自我

江水还藏着
铜铲和银针贴近骨肉的清凉

大水推动的不仅仅是个人的命运
从峡防，而乡建，而抗战……
从入世而理世，而告别……

从一种际遇转换到另一种际遇
在镜像的改变和顺应中
我理解了自己、时代和民族的根——

——使命就是交互：
交互的唤醒、生长、盛开

在生的互动链上
展开花、鸟、人、土地和江水的
活的仪式

本名黄仙进，云南省作家协会会员，第四届"巴山夜雨诗歌奖"三等奖得主。

黄钟

雨至缙云,或北碚生活实录(组诗)

巴山夜雨,或一封潮湿的信

漫长的等待和想象每日都在重复
从黄昏到黎明,你用窗前的踱步和叹息
为古老的红豆杉点缀清露。烛火再短一分
思念就再浓一寸。雨滴敲击巴山中拔节的一切
扑打的节奏,不停吮吸你笔尖的孤独
义山兄,那隅居巴山的苦闷呵,沉默呵
比诗中的描绘,更接近生活的本质

长安路远,蜀道崎岖。你潮湿的长信中
没有明确归期,或许说是遥遥无期
也无法写实眼前的困苦,徒增烦恼和忧愁
你将笔尖转向巴山:深秋时节
鸟鸣深涧,黛湖如翠玉,一池荷叶
获得了更深邃的褐色形体……
纸上墨迹还未吹干,就打上巴山夜雨
永恒的邮戳,随驿站的快马奔走

如今,我沿缙云山蜿蜒而漫长的山道
找寻当初你凝视过的木窗。一眼千年
白石隐没江中,渔船也如炊烟消散
滩涂中紧闭的蜀葵和疯长的白芦苇是否
还是以前怯生生的模样?答案我无从得知
只有嘉陵江依旧在我身旁,缓缓流淌

似在诵读千年前那封长信,涛声依旧
"我如九岁孩童对此深信不疑。"

北碚生活实录

一

你坐在窗边剥洋葱,球形鳞茎
宛若活物,在你手里不断翻转腾挪
飘逸出"咔嚓咔嚓"的声音,跟宇宙深处
突然爆裂的星球何其相似[1]

像释放体内豢养的豹子,空气中
布满哀伤的粉末。那些辛辣的气味扑向你
你却无动于衷,仿佛另一个人的故事
永远也无法让你感同身受

是的,剥开是生长的逆过程
你剥开它多像沿向下的石梯,一直走
抵达纯白的处女地。若是剥开自己
是否也会是一种抵达?

---

1. 引用李樯的诗句。

是一种断舍离的哲学？这些年
你开始离群索居，频繁地剥开洋葱
却没能回答剥开带来的问题，直到如搁浅的
鱼群，耗尽眼里最后一粒盐

二

傍晚，倦鸟归巢。白炽灯会代替
垂老的夕阳悬在窗户旁，照亮小厨房
排风扇开始转动，你额前的头发会随竹影摆动
你手握的番茄，早已完成从青到红的全过程
无须多余的洗礼，就能脱掉透明的衣裳
客厅的电视机正如老太太般喋喋不休，重复
关于疫病的问题。此刻，你顾不得
纠结先有鸡，还是先有蛋的逻辑问题
敲开硬壳，泾渭分明的蛋液在你竹制指挥棒
的搅拌中融合。调和油平静的外表下
肯定隐藏有一座活火山，仅需片刻
你就能盛出那道番茄炒蛋，宝石般的盐粒
和青葱圈点缀其中，如精美的饰物
咀嚼它时，你耳边仿佛响起这么多年来
母亲在厨房操劳的声音，你放平筷子
开始为从来没有帮过她，而感到深深的愧疚

三

风过黛湖。抛洒的金箔使水鸟一头扎入
纳西索斯的悲剧——"又一只动物
被爱冲昏了头脑"[1]。停泊的白鹭
与一池荷花,是否也陷入水中的幻觉
陷入我与我的纠缠?

哲学重要的问题开始叩击心门——
此刻,我们脚下踩踏的鹅卵石来自何方?
无从知晓,同样的,我们也很难
去审视和追溯自身的由来

水陆草木之花繁多,你可以爱莲爱菊
也可以爱牡丹。淤泥中藕白的宫殿
正一点点撑开,但你需要明白——
伟大本身并不来自苦难

---

1. 引用布考斯基的诗句。

缙云山遇雨

终日埋头,依靠一堆旧纸仓皇过活的人
是否早就困于"见山,不是山"的硬壳?
橡胶胎起承转合,产生的响动频繁打断
你的思考。此刻,如果你望向窗外
会观察到方形玻璃中景色逐渐阴沉
仿佛添加了一层克莱因蓝滤镜。闪电
如一枚锋利的刀片划破灰暗的皮肤
秋雨接踵而来。大珠小珠安静地掉落
如发亮的水晶拨弹万物,而你盯着
建筑群沉铁般的轮廓,心重得像压舱石
你突然想起许多年前沿蜀道而来的义山兄
他曾在此与山水为邻,与草木为伍
以后退的方式进攻命运的壁垒。哦
冰裂般清脆的读书声,曾引来猿猴的垂涎
当然,时间的单向意味着故事的真实性
永远无法得到考证。或许是午后小睡
略带神话色彩的白日梦,或许是好事者
夸大其词。而今,千年如白马飞驰
遗落的半块石碑,入骨的碑文被雨季
豢养的苍苔重新填满。而近年来此地
大兴土木,棱角分明的楼宇代替
一池荷花……历史的铁环还在地平线
滚动且永不停歇。此刻你眼中的

所有都将会在钟表无休止旋转中消逝

在偏岩古镇,万事不抵一盏茶

偏岩古镇的下午阳光猛烈,一条河
波澜不惊,分娩出偏岩古镇:一弯曲桥
一泓碧波、一叶扁舟、一孔花窗……
暗合了时间的绵长,从陪都连大的烽火里
纷至沓来,冷却、淬火,通通都沉入
眼前的一杯茶饮中,因风而漾起的波纹
使杯盏中宛若有只孔雀,正开着屏

杯中茶叶蕴含北碚山和水的奥秘
汲着露珠在茶人之间流转,杀青、揉捻
烘干,变得"骨瘦如柴",也获得岁月
迷人的醇香。如今它在沸水的刺激中
伸展,如鸶鸟纷飞。一杯水变成了茶
也预示着,须臾间,它走完了一生

啜饮上一小口,它便如游动的闪电
流窜在口齿间,抨击我们的味蕾和舌神经
先苦后甜,片刻后喉头的回甘才是
久违的神迹,一芽一叶、一芽两叶……

049

都是神明的恩赐。在偏岩古镇，少了许多
在冷咖啡中搅拌自己的人。石坞旁的
小舟自横着，三两行人如茶叶般浮沉
吐出如阳光般的茶色，谁又敢说
此刻古镇不是一把鎏金的茶壶？

瓷颂，或西大博物馆小记

　　题记：一位被遗忘于宇宙深处的死者 /
他活在我们的遗忘中，以不可称测的重量 /
坠弯所有的秤杆……[1]

青铜中蔓延的寒冷无法阻止探索的眼睛
时间在此具象，但不意味着绝对静止
只有暖色光包裹的瓷在无声诉说，玻璃表面
流淌一层透明的语言，或者说我们平复后
的心脏，再次因共鸣而有节奏地敲击
滚烫的记忆奔涌而来，然后是漫长的沉默

我们都有贫瘠的履历，从泥泞中拔节
风尘仆仆，领受火焰和时间的考验
祈求能获得瓷质的肌肤。嬗变的成功者

---
1. 引自蒋立波《月亮外传》中的诗句。

也曾有过短暂的白日梦。它们从文人案头
海底、废品收购站，或者某个王侯
深埋的陵寝如支流汇聚，而扫视空洞的
口沿和子弹尚且不能穿过的玻璃
我们能感受到再次被束之高阁的寂寞

"塞翁失马，焉知非福"故事的戏剧性
或许也能在器皿上得到印证。眼前被
"抓破美人脸"的玉壶春瓶，谁又能想到
会因裂隙而幸免于难，从盗墓者手中脱险
谁又能预料到：这形如闪电的伤痕
会赋予它维纳斯断臂般异曲同工的美感

这疾驰的闪电，撕开瓶身写意的画片
多像入仕的狂潮，闯进碧绿的竹林
只获得覆盖一身的枯竹叶，遮蔽的七贤
尚在一匹白雪般洁净的帛上疾书[1]
世俗的造访，并不能谒停打铁的连击……
此刻，他们变成指节大小，在瓷质的竹林
倒酒、举杯，隔着玻璃呼朋唤友
我张大嘴巴，却发不出一丁点儿声音

---

1. 引自宋琳的诗句。

偏岩石桥　吴祥鸿/摄

西南大学中国新诗研究所教授、博士生导师，兼任中国诗歌学会常务理事、重庆市作家协会副主席。

蒋登科

在北碚遇到寒潮

立春过了,雨水过了,阴沉、寒冷的日子逐渐远去。
见到了阳光,见到了花开,见到了蜜蜂飞舞的场景。
见到了笑脸,见到了闲适,见到了蝴蝶一般的人群。
校园里的玉兰本来很娇柔,也在阳光下绽放。

脱下了厚厚的冬衣,走出封闭的斗室,脚步轻松而矫健,感觉到解放的清爽。

突然之间,一股寒潮自遥远的北方来袭。

它比脆弱的春意强大许多,几乎在一夜之间,穿过温塘峡而来,贴着嘉陵江而来,翻山越岭,跨江渡河,横扫南北。

我们的日子没有征兆地回到了寒冷的冬天。

家乡开始下雪,道路开始结冰,盛开的樱桃花凋谢,疯长的豆苗低下了昂起的头。

只有街头的彩灯照样亮着,它们没有生命,不受寒潮的影响,但是街头的人流减少了,他们龟缩在室内,把自己封闭起来,透过窗户观察外面的动静,等待回暖的消息……

在寒潮存在的世界里,春天和温暖都来之不易。
期待春天的人们,都学会了察言观色。

2004 年 2 月 23 日于重庆之北

漫步嘉陵江边

在北碚，嘉陵江边的小路让人迷恋。

可以亲近江水，可以看见大江两岸的山峦，偶尔还可以听见汽车驶过的声音。

这里是城市的边缘，也是自然的边缘，是城市与自然握手的地方，是高楼与江水对话的前沿。

这条小路，曾经是交通要道，被洪水淹没的时候阻断过远方的行人。

如今，它的功能逐渐退缩，退缩为休闲、健身的场所。

三三两两的行人，成为一道道亮丽的风景。延伸到江心的赶水坝上，留下了舞动的身影。

成片的芦苇成了风景，江水缓缓流淌，微风拂过水面，粼粼的波光中有山的倒影、楼的倒影、人的倒影。

小路在礁石上环绕一圈，那是北碚人心中的胜地。

人们坐在巨石上，在高山阻挡的地方看江水，在江水流淌的地方望蓝天，在蓝天白云之间看到了大山外面的世界。

2024 年 4 月 17 日于重庆之北

光阴　吴祥鸿 / 摄

湖北人，有诗作发表于《诗刊》《诗潮》《解放军文艺》《长江丛刊》等。第四届"巴山夜雨诗歌奖"三等奖得主。

黎洛

缙云下,你的别愁必然带上多汁的雨水和灰鹮的大翅(组诗)

缙云翻涌

一

那云层翻涌,几股水在天空胶着
诡谲之美令我惊心

时间耽于瞬息万变。内心的花就要呈现
我感觉到了永恒——

于风云际会中,那天空下的缙云山,黛湖
和天空上的层云
合二为一

翻涌是颗大词。安宁也是
我想象:缙云下,你的别愁必然带上多汁的雨水和灰
鹮的大翅

而抵达诗意。不是虚构,是你的心塞得太满
一旦触及,必有望归的雨

模拟几股水龙自隋唐,南宋,典史蹀到此处
汇成贯通东西的嘉陵江

二

多么辽阔。我需仰望
直到脖颈酸胀,也望不断你缙云之上的源头和峰顶

你有那么多水道或枝杈
闪光的,思想的鳞甲。狮子在奔跑,黄葛树

盘点它的黄金。因为绷得太紧
一片带刺的鸟鸣几乎划伤你,你提一桶水灌下去
根又深入石头几分

再一次,自淤泥中
耸立成九峰连珠。而在缙云寺,慈悲的迦叶佛

正为你渡苦厄,讲生死。这期间
你经历什么就获得什么。晨钟暮鼓以秋水池涨的方式荡开

一种顿悟灵感般降临
像恩泽,又像佛眼

巴山夜雨

一

夜雨的屏障

有时是危崖,唇齿。有时是深喉,平坡

行至巴山,又分出秋池和归期

自带苦楚和恩情

仿照一种关照。当"雨的针脚落在时代背上"

所缝合的,可是你夜夜悬心的?

你看。黛湖的白鹭

又添几只。它们在雨雾中支离的弧线

那么决绝,自在

或畅翔果园,或婉转麦田,野橡林

而它们在天地誊写的

可是你的千古诗句?每次停顿或振翅都压住唐朝的韵脚

二

弹雨弦者剪烛花者,都是惯见秋风夏月的人
惯走蜀道的人,一身潮汐

上游来,又顺着嘉陵江往下游去
而赤子般的流水,因纯粹而天真而肆无忌惮

"凡缱绻者,必也多思"——
我想那西窗的雨,如何在尽数更漏后,心窝猛地一疼?

哦。你氤氲的巴山雨夜还有多少
消弭的灯影和船影?像大梦

我觉悟的爱那么炽热
探寻一次就沉入一次。直到全身浇透

发出尖叫的铮铮之声

金色巴山云　吴祥鸿 / 摄

北碚 纪

一

在北碚,你是我兄长,一百零八尊肉身
一时,是风流嶙峋的金刀峡

一时是偏岩上街的古戏楼。戏服里的老皇帝
我沿嘉陵江去看你,腰身不抵蜀风轻

你在城头骑着风向我招手
蜀葵的缠枝纹攀上了我的大臂。我用胜天湖饮酒

你又变成烫酒的红泥小火炉
你的蜀山腔能通神。喊出石头里的斜柳、龙珠、铜鹤灯

在北碚。时间的影子是灯吃掉的
灯是被提灯的魂吃掉的。北碚,一个人

从不大声恸哭安静如短匕
一群人,从不随意领受命运的盒饭,奔走如时代之魂

二

深泉,高谷,纪念碑,蜀地是不孤寂的
——聚齐了那么多深情的眼睛

那么多不羁的灵魂
槐花纷落的清凉山中,拔剑者彻夜长谈

《独立宣言》或《中兴论》
沙溪湖潮起潮落。依次是,江心岛,芦苇,滩涂,落日

最后是天边的灯
水天一色啊晴空如洗

在北碚。我眼中的山水彻夜不寐
哗啦啦响

嘉陵江把洗得发白的鹅卵石递我
花纹独特,像异质的火

致北碚或丹顶鹤

一

我在温塘峡看火。水里的城和水外的城一样
浮光掠影——

我知晓一些醒世的神谕,但不能转述
手中的册页合上又打开

页面上的北碚城,一会儿走出来,一会儿又原路返回
怎样向你表达我的心情呢?

金秋十月,我骑鹤,背诗,下四川
那南门楼雕刻的云纹和白鹤还在,抱鹤的瘦小孩还在

只是洗砚池边
卢作孚远了。李白远了。李商隐远了……

只是少女们滟滟的,在宿命的时间里开啊开啊
而四照花婆娑。滴翠岩幽深

古老的温泉寺里,来不及返身的菩萨
在田野嬉戏

二

谁在北碚这片热土上植桑植麻

谁擦拭晚唐石照壁，让它呈现的，铜镜里的诸神？

还是在西山坪，舍身崖

苇花和苇草漫溯的嘉陵江。美人的腮边

书生的纸上，我望见了

丹顶鹤——北碚鲜活的历史和灯塔

一抹烟霞出自缙云山

天上的云浓了又淡，淡了又浓

八百里北碚顾影自怜啊

更何况：我眼中这烟波浩荡的川蜀胜地

我爱你，额间山水旷世的红色拓印和

九九归一的历险。而你

爱我

醒世的大水激荡出的峡谷和高山

古镇夜巷 吴立为/摄

第六届鲁迅文学奖获得者,重庆市作家协会副主席。

李元胜

在北温泉，茶会闻《碧涧流泉》（外一首）

以昨日为琴，可得寂静

以昨日为山，可得荆棘

我们走过的路，握在谁的手中？

又将为谁停止轰鸣？

萦绕心间的，总会破云而出

获得自己的万丈绝壁

从遗忘的深涧中涌出的

是百年前的泉，还是今晨的露？

残破的南宋收进一册琴谱

完整的缙云倾泻而下

我的杯盏里，浮着北海的船

南山的樱花……

云游万里，幸有荆棘提醒

肉身还在北碚

2024 年 1 月 15 日

在缙云山，见梅

粉白的，也许还有粉红的

仿佛被驱赶的羊群

从泥土里出发

穿过树干，一直奔跑到枝头

其实泥土也被催促着

成为微粒，其实

树干也被催促着

成为书桌、椅子，甚至成为纸张

在山巅，在桌前，在白纸的反光里

每年，有多少个我

被催促

被驱赶到各种各样的枝头？

春风是我们共同的鞭子

跑啊，奔跑啊你们

一定要从堡垒跑出来啊

只有枝头，捅破了时间的窗纸

那是所有路的尽头

也是你们唯一的出口

2024 年 1 月 16 日

春染梅花红 吴祥鸿/摄

语文教师,第四届"巴山夜雨诗歌奖"二等奖得主。

罗燕廷

云水巴山，或反复写下的五行诗

一

一滴雨的坠落，就是

一个词语

对纸面的敲打

而被雨水打湿的缙云山

并不比一首诗重

二

雨是新雨

但雨声不是——

雨声，永远是最原始的乡音

总在最黑的夜晚

响起

三

巴山夜雨，只有少数

在芭蕉上敲打

那些下得毫无头绪

汇成流水的，都在丈量着

一个人的乡愁

四

天黑以后

那些飘荡的云

就变成了雨水的佞臣——

雨声更兼风声,一座山开始很重

后来很空

五

不是一根蜡烛

照亮了一个人内心的空

而是一座空山

把桌面上的一根蜡烛

照亮了

六

一座从镜像中取出的山

浑身披着蕾丝般湿漉漉的光影

雨水薄如蝉翼,如同从未飞过的翅膀

——倾斜着。落下来

顺势把弯曲的天空,轻轻折了一下

月照缙云塔 吴祥鸿/摄

七

在巴山,和雨声一起走动

我似乎听见自己体内

微微的爆裂声——

多年筑起的高墙,应声

坍塌

八

请把你的心跳压得低一些

尽量,再低一些

巴山是一座水做的瓷器

每一次想象,都得小心翼翼

轻拿轻放

九

在巴山,每粒雨声

都割得人生疼

每寸流水,都埋藏着一段如怨如慕的箫声

如果可以,真想把这仓促的一生

安放在这座慢吞吞的大山里

雨再大，也不会变成河流

甚至天空掉进山里，也不会砸起多大波澜

没有月色又如何?

在巴山，一首诗自会代替灯盏——

照耀山中万物，和那些隐匿的生灵

雾漫狮子峰　吴祥鸿/摄

重庆工商大学教师，重庆市作家协会会员，重庆文学院第六届创作员。

聂树平

李商隐在金刚碑煮茶

风声与风声在门后低语,
它们在推敲该如何倾诉。
雨滴与雨滴在脸上打挤,
它们在思考该谁先滑落。

如果凝眸注视那壶茶汤,
每一勺茶汤有你的心事。
每一颗鱼眼[1]破裂的声音,
那是松风在茶汤里写诗。

而你啜饮下去的每一口香茶,
便是雨滴祈祷一万年的礼遇。
洛阳亲友好奇你不归的理由,
没人知道是九龙吐水的温柔。

他们在秋夜雨声中都不知道,
嘉陵江的水像佳酿一样顺喉。

---

1. 鱼眼,指古人煮茶过程中,茶水温度达到 92℃至 96℃左右,水面开始出现细小如鱼目的气泡,明人陈鉴《虎丘茶经注补》有云:"汤之候,初曰虾眼,次曰蟹眼,次曰鱼眼。若松风鸣,渐至无声。"

重庆市北碚区作家协会会员,西南大学出版社副编审。

秦俭

缙云相思

你到山巅

是否只为炼化

一炉相思?[1]

我看见

炉烟缠结成蝶

扑满她的罗裙

铺了一天缙云

你的梵唱

在林间穿行

在溪中徘徊

我看见

她眼里的泉水喷涌

带着朵朵红莲[2]

奔腾而来

没有人知道

缙云山的爱情故事

可是我看见

有石名相思[3]

---

1. 传说黄帝曾于此炼药。
2. 据文献记载,唐贞观二十年(646),缙云寺侧泉内忽出红莲。
3. 缙云山有相思岩。

有寺名相思[1]

有鸟名相思[2]

有竹名相思[3]

我不知道

是谁勒相思于石

是谁供相思于殿

那名为相思的鸟

啁啾婉转着怎样的故事

那相思做成的桃钗

要插上谁的云鬟

我只看见

林间红豆[4]晶莹如泪

在迦叶佛的足印里

无数的蜿蜒

搁浅成鱼[5]

留下相思

弥漫恒远的烙痕

---

1. 缙云寺即古相思寺。
2. 《缙云山志》言缙云山有"相思鸟羽毛绮丽,巢竹树间,食树飞鸣,雌雄相应,笼其一则其一随之"。
3. 据文献记载,缙云山上有相思寺,生竹形如桃钗。
4. 缙云山有古红豆杉,其果实殷红如玛瑙,晶莹如珠泪,虽非古人所说的相思子,亦足以惹人相思之情。
5. 《蜀中广记》载,缙云寺北石山上有佛迹,中有鱼文。

所以，不需要追寻故事

浸满相思的地方

爱总在蓬勃生长

所以，山泉总是温暖

　　山林总是青翠

　　晚霞总是灿烂……

所以，相思缙云

是一颗心的宏阔、安宁和柔软

缙云晚霞　吴祥鸿／摄

中国作家协会会员，重庆文学院专业作家。

唐力

黛湖短章

一

是缙云山的眼睛

是风的眼睛,在草的发尖
是云的眼睛,在树的眉睫

微微眨动,泛起
古老之思

每一滴水,都是词语的眼睛

二

沿湖而行

踏出的步履,都有唐代的平仄
都有千年不绝的回音——

都有雨声,湿了今天的脚步
都有泪滴,湿了今天的眼眸

都有遥远的思念,绿了今天的湖水

三

一枝松果菊,在风中摇曳

它侧身让开的,是空中的大门
无数的天使,鱼贯而出

他们消失在黛湖的深处

——那神圣的沉默,秘中之秘
散发出深幽之光

四

一只蜜蜂伏在花中

球形的穹顶
世界永恒的弧线——多么美妙,幽微

一只蜜蜂伏在花中,啜饮着
世界的宁静

如同一个心中有蜜的人,啜饮尘世的甘露

五

也许是一只墨绿的蝴蝶,伏在山间

那微微的波光闪动
就是蝴蝶的翅膀,轻轻地颤动

山晕眩了,树晕眩了
倒映的世界,有着伟大的晕眩

目睹它的人,有着幸福的晕眩

六

波涛轻拍,依然有着你的嗓音

那样轻柔,宁静
如棉布,如炊烟,饱含人间的亲切

和温暖。"再小也是令人尊敬的"[1]
那是你的声音,平静,清雅

无边的夜色,万古的苍茫,从湖水里涌出……

---
1. 诗人傅天琳《黛湖》中的诗句。

七

涌出是一粒粒词语

有着青草的清香：时间的袅绕
有着柑橘的甘甜：岁月遥远的回忆

你沧桑的手，轻轻拂过夜色的绸缎
黛湖，荡漾着翡翠的迷思——

因为你把一首诗，放在它的心脏……

2024 年 3 月 11 日

古镇祈福树 · 聂平 / 摄

重庆市北碚区作家协会副秘书长,重庆文学院第五届创作员。

唐敏

蝶变的碚城

城在山水间浮现,在时间中跳跃,相思落满巴山夜雨的秋池。

水,千里逶迤,山绕水环的城市时光悠长。

梦,徘徊在缙云九峰之间,在白屋诗人吴芳吉的黛湖久久停伫。

在唐诗里触摸前世模样,在宋词中寻觅金戈铁马的气魄。

每一片叶子,每一朵小花,每一棵树木都在讲述岁月深处的故事。

风雨摇曳的岁月,"乡建四杰"聚缙云山下,探索乡村建设之路,创造北碚样板。

黑云压城,倭寇猖獗,民生航运演绎民族救亡英雄乐章。

社会贤达,三千名流汇北碚,文化抗战,实业图强,家国命运血脉相连。

然而路漫漫,长夜未明,壁立千仞,徒留峡江奔流。

山寺静默,古泉流淌,时空转换,百年一弹指。

春风又起,水生涟漪。

拉响启航的汽笛,展开乡村振兴的蓝图,按下了发展的"加速键"。

三桥一隧,两城交汇,三区叠加,新时代的北碚人科技引领,突破经济发展的瓶颈。

展翅的鲲鹏,翱翔蓝天,筑梦明天的世界。

一条石板路,百年金刚碑。蝶变的小镇,见证一座小城,焕发新的光彩。

笑容洋溢的脸庞,那是幸福感与获得感在群众生活中最生动的体现。

北碚,重庆美丽的都市花园,一定会天更蓝、山更绿、水更清。

旭日东升漫天红　吴祥鸿 / 摄

在《诗刊》等发表作品，曾获安康市政府文艺精品奖，2020年海子诗歌一等奖，2022年徐志摩微诗金奖等，第四届"巴山夜雨诗歌奖"优秀奖得主。

万世长

北碚之恋（组诗）

在北碚

缙之山的一场烟雨，让我至今
还是那么记忆犹新
偏岩古镇的古树，打着一把油纸伞，从青石小巷里出走
雨声和脚步声将夜晚点亮
川剧在明清精雕细琢的阁楼前，一首民歌小调
将我醉倒

坐在石头的庭院深处，老街省下来路标
就像观音峡，空间省下来雨水
就像前朝的三千亩云和月
时间久了，我和北碚就有了胜天湖的色泽

嘉陵江上

此刻有烟雨升起来

孵化在惊慌白色的热气里,清晨的阳光照进来

又微笑了一次

白鹭用羽毛划过江面的时候

夕阳在和一株月季比美,春天产下一江鹅卵石的时候就进来了

微笑着

像稻米的香气。芦苇和沙滩关系良好

每一天都鲜艳无比,每一天都无忧无虑

像此刻的幸福

船只又与水鸟组合

像水一样,自由自在地手拉手朝前走

云彩跨过金刚碑,其间的路

只剩下光线和乡愁

就像定居在江畔的芦苇

每一年都怀着绿色梦,在无比辽阔的地方

把嘉陵江的明朗说给世人听

我跟随蛙声走,和江水一起互换角色,我在川剧里倾听

又像一件乐器

此刻，嘉陵江上空的云朵格外静谧

和烟雨一样的，北碚敞开着

有一条一条大船，正日夜兼程地从嘉陵江开来

山水的诗心

还在这里，佛光岩，金刀峡，温泉谷，以及石板的路

在月光与灯光重叠的光泽上

是一层一层的雨雾，从百灵岛落到嘉陵江畔

被三道峡谷拉扯，和秃鹰一起

往川剧里延伸

还是华蓥山脉如影随形的脚步，将阔叶林敲了一遍又一遍

红隼在巴山的尖拱上盘旋

四周都是云海。一条黑水滩河更让人依恋

在九曲回肠的山坳里

好像色泽亲切的山歌，又被十里波光镀上了一层白银

还是嘉陵江骨骼里的姓氏,光斑在它浑身上下扫描
精巧的鹅卵石也更亲密
只有烟雨泛起的桃子一样的云让金刚碑
成为一个时代的缩影。石子路铺至古韵伸展自如
的密林
江风有了更多灵感

还是山水的怀中之物,在烟雨间秘密推进
黑水滩河弥漫着透明的香气
像某一个吟诵之人。北碚,我翻山越岭呼喊的名字
它将在春天释放出来

还是北碚,一片云水,一件乐器
和一个个晶体,它的云朵是细雨之上流动的房顶,
它的蝉声
是连着心跳的,和山水乡音是一样的

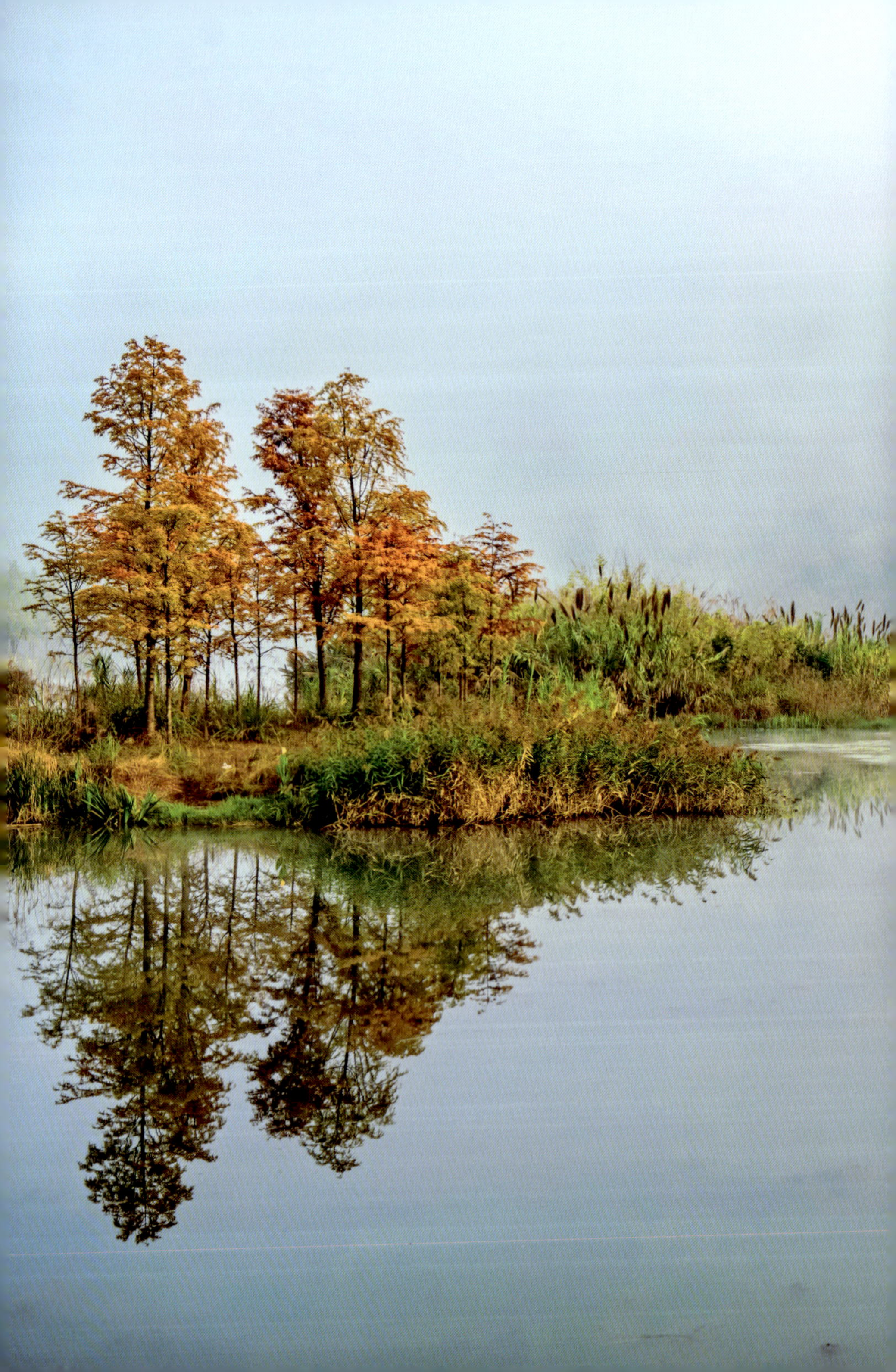

山水无恙 吴立煌/摄

金刀峡

只走一次,好像就怎么也走出峡谷了,就像爱情
它阳光的曲线,它蓝色的琴声

这一刻,我为它截取笑容,巨大的花岗岩以温柔引渡
一条溪流它深藏翠绿的光泽

而空白处的,绿,从脚下缓慢地爬上头顶
碧潭将它裁开又缝合

一条小径贴上侠客的引号,用两岸的青草陈述
它的透明一览无余

金刀峡,它带着花香行走,北碚的门窗
它日夜播放鸟鸣,川剧的小调

中国作家协会会员，文学杂志主编。第四届"巴山夜雨诗歌奖"优秀奖得主。

王爱民

为什么一次次写到巴山夜雨（组诗）

回声：君问归期未有期

一滴滴都是句读

缙云山替一场雨活着，为一首诗立传

北碚给雨水侧身让路

像个归隐的偏旁，有好看的斜坡

一滴滴雨，落在川剧的高腔上

落在一块还没凉透的金刚碑

落在一棵古树的阔叶上，迟迟不肯落下

落在雅舍，落在案头厚厚的书卷

屋檐上豁达的雨水泪流满面

相思岩下的一颗红豆，偷偷睁开了眼

敲一敲胸口，如敲木鱼

传来晚唐的回声

一句顶万千水滴

压卷：巴山夜雨涨秋池

雨水洗笔，江水磨刀

慎用晚唐石照壁、宋代牌坊

无题胜有声。放下笛子里的嘉陵江

放下心中的狮子峰、舍身崖

遍地星辰，昨夜风清扫秋叶的脚印

香炉峰生烟，抵达朦胧诗的源头

雨水携带墨香，嵌入一首诗的骨缝

鸟鸣的方言里，一场雨压卷

笔下喷涌而出的泪，都是雨水

写雨的人，成为一滴唐朝来的雨

遍布天下淅淅沥沥

黛湖，涨满眼眶

绕池的人，又被清洗一遍

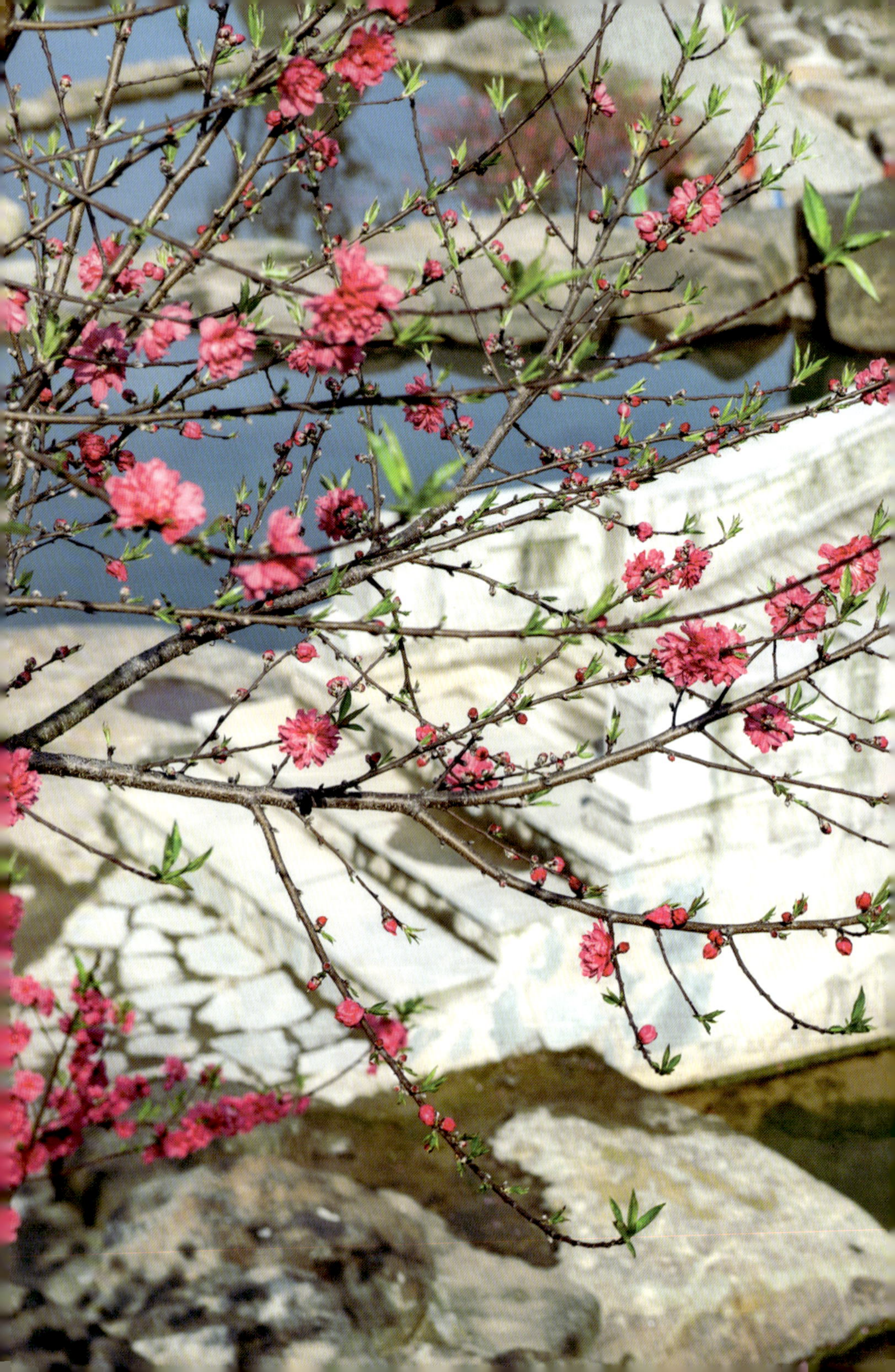

知音桥畔寻梅踪　吴祥鸿 / 摄

对镜:何当共剪西窗烛

一场雨,挨着另一场雨
万山静止不动
一只眼睛,捂住另一只眼睛

搬运满世界的花朵,为你所用
你看到的烛光,与众不同
金刀峡带着剪子的泪光,簌簌作响

推开西窗,挣脱一面荡漾的镜子
深一脚浅一脚地赶赴而来
一滴雨,一粒盐的星辰
跋涉在回家路上

肉身沉重啊,两滴雨在草根下抱碎
川剧变脸,蘑菇打开伞
万物都将重新回到雨声

伏笔：却话巴山夜雨时

两朵云久别重逢，抱头流泪

一滴雨，自己打湿了自己

天下所有的雨，一辈子的雨

都从麻辣火锅回来

北碚的天空是把大伞

溪水缓缓流出山涧

是抹也抹不净的泪水

怀乡人，都能分得一杯羹

滴水穿石

凿出千年的深坑，白鱼石柔软

雨水在一个人的半生里煮着

为信笺埋下了伏笔

诗句尚温，等雨回到胸腔

缙云山已是一脸波浪，满头秋霜

春天的色彩 聂平/摄

首届鲁迅文学奖诗歌奖获得者。中国诗歌学会副会长，中国作家协会诗歌专业委员会委员。

王久辛

默念的心语——给先人卢作孚

1944年9月10日,是上午还是下午,他没有注明;是阴还是晴,他也没有注明。但是他用的是毛笔,没有饱蘸浓墨,这从他秀丽的笔画中,可以体察到。他很用心,笔笔传神,他想把自己对美的感悟,写进去。他写的是:愿人人皆为园艺家,将世界造成花园一样。他想的是人人,想的是世界,想的是把世界造成一个大花园。

一个灵魂里装着一个理想的人,毕生修路铺桥建学校搞航运,他连物理化学数学统统都看不懂,却要求自己所做的一切,都要严格按照科学的规范,按照美的最高境界去做。小到每一道工序的每一个细节中的最细微之处,大到人人乃至整个世界,都要按科学按美的极致去实现。

什么是伟大,哪里有天才?他把大到无边的想象,落实到小的、极其细微之中,以精微之细腻的实现,来兑现伟大的理想。他不是清醒,而是睁眼一看,就灵魂乍现,获得了龙蜕蛇变的精神升腾,一进入心,终生不变,倾尽所有,鼎力新生。卢作孚,一个灵肉血魂铸就的初心,凭着单薄的五尺之躯,从北碚向全中国,发出了短暂而又永恒的默誓:"知识要有世界的大,问题要有国家的大,工作要有所负责的大。"这个连初中都没毕业的人,一心一意要干大事,要在干大事中长大学问,之后,竟然干成了一番大事业。

这就是我认识的先人卢作孚，一个小我完成了一个大我的超越。什么时候想起他，就像漆黑的夜里看到了一盏灯，一把火，一道光。而且是希望之光，自信之光，奋斗之光，也是前方不远处的成就之光。

卢作孚，1893 年 4 月出生，1952 年 2 月 8 日逝世。生命虽短，可凝作两个字：永恒。

2024 年 2 月 1 日于北京

古刹之光 吴立为 / 摄

第四届"巴山夜雨诗歌奖"三等奖得主。

王瑶宇

缙云山的寺庙与道观（组诗）

缙云寺

时间是用堤岸铺就的巨大蒲团。
蝴蝶寄居在三叶草上；蜜蜂攀附于含笑花。此刻
它们都在回忆年轮，闭目冥思。
而人类更热衷于思考清凉的朝代，雨水的空灵。
功课更持久——1500年，仅仅是
迦叶古佛手中一炷香的燃烧和止息。

于是自知斗不过落日的小沙弥
放下拳头，登上陀螺形的大山，开始
在青石上雕刻。把劳作、线条
看作面具、假象和真身的不朽。于是
虔诚的香客，双手合十，智慧
因你建造的石板阶梯而抬升。
而你，却因我的脚印，获得苔藓和戒尺。

云端上的参悟，就应该这样——
佛陀拥有的苹果，本质上是我的；
我拥有的蜘蛛网，本质上也正是佛陀
需要用光线和泪水去解开的。

只有这样，我们在缙云寺才有资格
去拷问那些从松柏上掉落的枯枝。
每一句反诘都可以让秋天汲取到新的水分；

每一声木鱼上的应答,都足以让画家构思出
宏旨,犹如一份掩映
既似苦夏,又似寒冬。

温泉寺

"水可以是火,吐出的液体,也可以是
寒风用温度打磨的冰铁……"
这样的语言一直在告诫我,唯有变化
唯有让瞳孔下的万物,像一条
月光下的银鱼,无尽地穿梭
才可触摸到诗歌的心脏和哲学的骨架。

但迈进温泉寺的人门,我看到一缕烟
在空气中,凝固不动——几乎可以
视其为藤蔓,进行攀爬、采撷。
身旁的诵经者提醒我:"你要学会纠偏
将自己打扮成卧龙、伏虎的风
会无时无刻告诉你
何为真正的静止,相对的运动。"

"有感受到毫厘之间的差距吗？"
当慈应和尚，从最初修建的庙门走出
闪现在身后，我有些恍惚。
内心闪现一股蜻蜓在宁静水面上
表露出来的激情。然而

这一阵波动很快就随视野的清晰稳定
消失殆尽。他是一棵绰约迷人的树——
富有揽镜自照的魅力，却根本不能
言语。

复兴寺

寺院里的碑刻文字，是研究寺院身世的最佳
线索。如今，它们却投降于光阴
将身上的历史碎片散落于草丛。

在我这样凝视和想靠近一块碎碑时
一只小鸟从一棵红豆杉的树叶里
疾飞下来，立于我的既定目标上。

用新鲜如玉的面孔与我久久对峙。

我好像要从它那幼小的身体里
穿透进去,获取它拥有过的孔雀心、蝼蚁心。
不!它也好像正要从我的身体里,找到一个
小雨淋湿的鸟巢、一床刚够维持体温的棉被。

世界真是一潭难以厘清的水。

它就在那里站着,贴近一个
我想抵达却无法抵达的地方。

我有点嫉妒。我曾经踏破铁鞋
却只有山峰离佛陀最近。

我曾经研读一本经书,却只有不识字的发小
从中获得了朝露和旭日。

如何大彻大悟?复兴寺如何复兴?
但愿眼前的景象是一服中药,或者
不是。重要的是,能够
将灵魂里赊欠的租金赎回。

乡野闲趣 吴祥鸿/摄

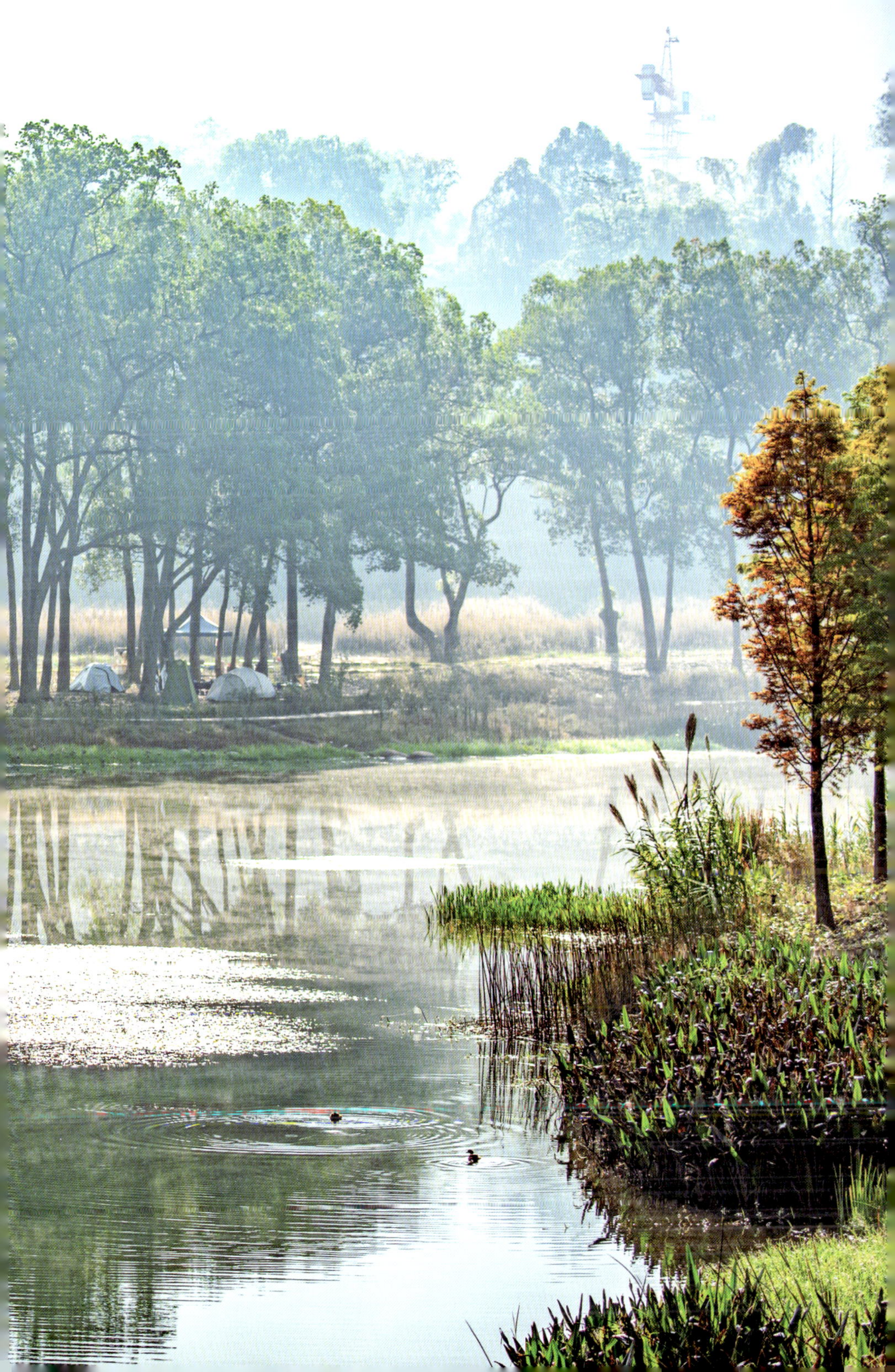

白云观

无论佩戴什么饰物
都会加剧
肉体向泥土里下沉的速度。

但白云是例外。

可以确信,它,
鹅毛一样白
睡梦那样轻。

渐渐在我的腰间
聚拢
(正如聚拢在险绝陡峭的山腰)

我感受到
我的胸腔不断地盛开
我的骨头越来越松软
灵魂越来越飘忽

我的名字和记忆,渐渐
变得
空无。

——蹲在路边的蟾蜍

轻轻呵出一口气

我便可以抵达三清天。

绍龙观

东边的一块阔地，靠近我——可是

又被一道无形的咒语隔离开来。

女妖男鬼，如今已纷纷化作

桃木剑下的魅影；仅仅依靠絮状的身姿

轻柔地接触着人类，以及

善于聆听、感知的动物。

天地间的正气，与正一派的道行

在此交流、汇聚、往返。

灵宫殿、玉皇殿、财神殿，有着

水仙花般的祥和感；

茶廊、香房、山门牌坊，犹如修行的街市——

如果人间还有阴郁，角落里还有乌黑

此刻，它们将会长出眼睛。

椭圆。折射着良善,且相拥成片。

没有什么好掩盖的。即使道观周边,全是竹
花竹、楠竹、慈竹;全是树
银杏、桂花、香樟……欲遮天蔽日
却又故意露出破绽,让无数多余的天光
从枝叶间逃走,顺着眼角
涤荡下来。

光线纤细。抵达的位置,
皆是有千年道心的位置。

笔名哑铁，中国作家协会会员，重庆市作协全委会委员，重庆新诗学会副会长，现任武隆区社科联主席兼区作协主席。

吴沛

黛 湖

没有水墨,但我已走进一幅画里

没有音乐,我却被音乐包围

岸边的水杉、香樟、银杏……

水中的藻类,它们是谁的皴笔

又是谁的水彩?你是最销魂的部分

有着音乐的眉眼,音乐的秀发

你的眼眶轻盈,养活了这一山珠翠

你柔软的灵魂是何时接纳了我?

在你们中间,我就是一棵行走的树

一株在绿茵里醉生梦死的草

掬一捧黛湖,整座葱茏的缙云山

都在我的掌心泛着粼粼波光

沿着湖岸行走,像踩着自己的童年

童话在湖水中伸出的手臂

鲜亮如藕,这隔世的小妖

为雀鸟的婉转涂上了一层釉彩

当你在岸边坐下

满山的风景会陪着你遐思

如果微风取走你大脑中的一切杂念

你就会成为,湖水哑默的反光。

缙云山怀古

谁在北碚研墨展纸

谁就在缙云山的心上安放了一盏灯

远涉的秋天早已穷困潦倒

你在羁旅中咳嗽，读一袭夜雨的诗篇

信手写下的巴山

似乎可以疗治人间的萧瑟与寂寥

但南方的秋池，却解不升北方的愁肠

前路依然遥远啊

你起身披衣

推开西楼破败的木格窗

夜幕深处，绵密的归思正被雨滴声敲击

你回到榻前，噎了很久的叹息

凌乱着残烛晦涩抑郁的光影

面对无尽虚空，你收起洇墨的诗稿

像夜雨收起多情的缙云山

在北碚与尽了世间沧桑和雨意的人

至今仍在唐诗的天空渐渐沥沥

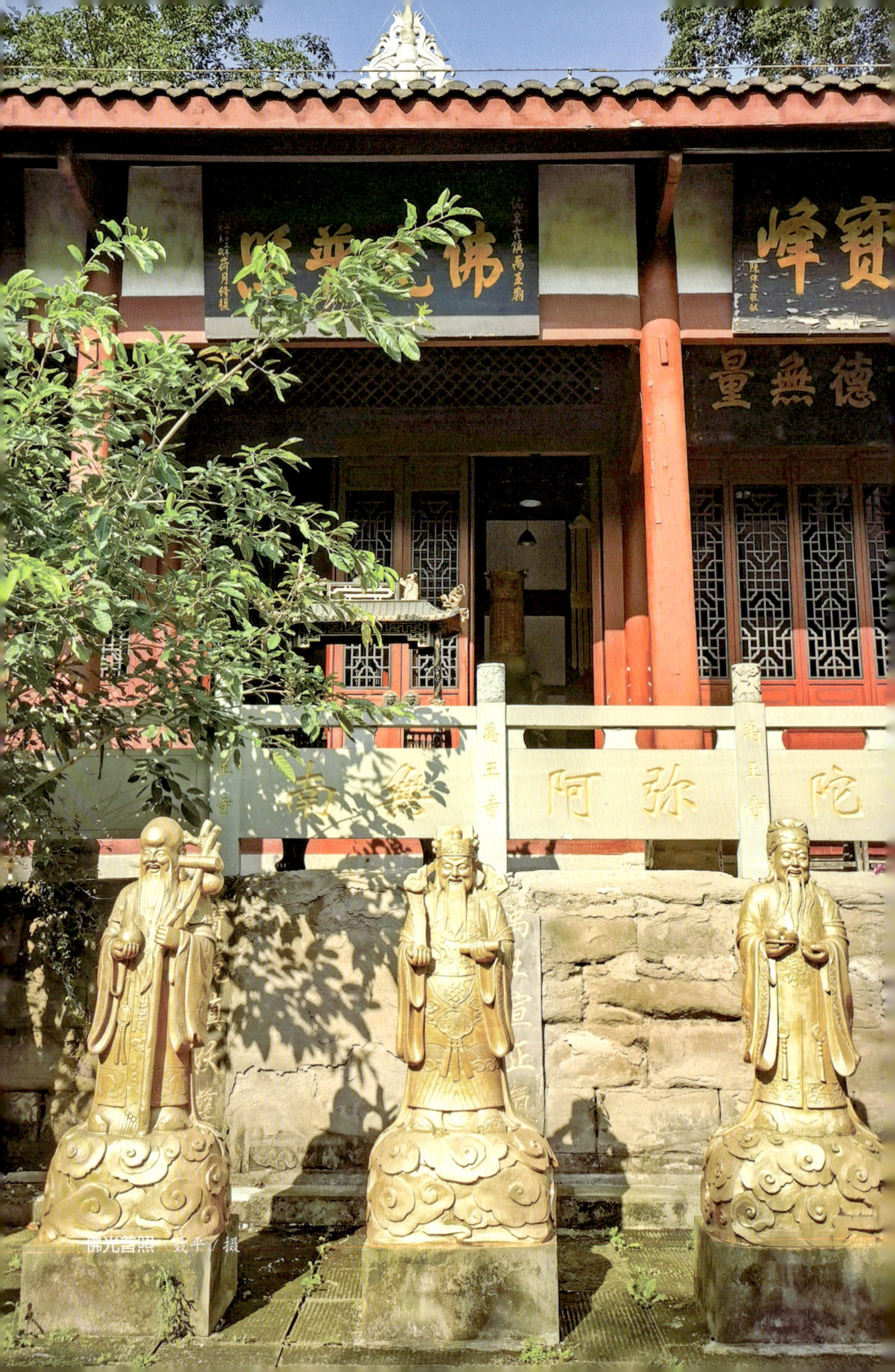

佛光普照　贾平 / 摄

重庆市北碚区作家协会会员。

吴祥鸿

龙凤溪说

千年前的一场夜雨,飘洒成

缙云山永恒的绝唱

我是那条盛满诗韵的溪流

泉水叮咚着余音绕梁

叠翠龙凤溪 吴立煌/摄

我在沟壑密林中跌宕

在乡野尘世间流淌

唱着繁花似锦的歌谣

绘出身边的龙凤呈祥

讲轩辕黄帝的炼丹传说

寻五百年前的发迹客栈

我在毛背沱张望徘徊

作别碚石和高悬的航标

我看到金刚碑扬起的帆影

听见白庙子唱响的汽笛

还有南来北往的喧嚣，都在此刻

与嘉陵江一起沸腾

我是溪流，滴水穿石

声浪滔天的瀑布是我用力量在欢歌

我是江河，厚德载物

蜿蜒氤氲的滋润是我的柔声倾述

扯一片云彩遮掩娇羞

巴山夜雨好似桃花酒

轻风拂过溪流，带起的涟漪

让水草和鱼儿躁动

我为奔涌过的大好时光自豪
我为前行着的光辉岁月讴歌
不在乎山高,不在乎水深
只记住流过的这片土地,叫北碚

中国作家协会会员，曾获黑龙江省文艺奖《中国诗人》年度奖等奖项。第四届"巴山夜雨诗歌奖"优秀奖得主。

邢海珍

巴山雨与诗的远方（组诗）

傅天琳的苹果园

你来了，你与梦一起到来

许多果树张开怀抱，春风吹来

大地醒来，青枝绿叶迎接你来

一抹缙云山，深情缠绕枝头

而后，你在苹果园签写诗的留言

绿叶托出诗来，花朵开出诗来

圆满的苹果也结出诗来

这诗的苹果园啊

留住了你生命写真的季节

晶亮的汗滴和清纯的目光落下来

大地、果园的绿色音符

谱写你诗与爱的交响乐章

春雨里灵感绽开

秋风中意象闪烁

在这里扎下根

四季的文字都是你的名字

诗的苹果园，你永远的故土

诗歌与你一起生长

巴山雨

千年的雨,一直在诗中下着
诗人在途中,家书在路上
我手中的折叠伞
该如何为诗人撑开

巴山巴山,一路遥远的巴山
晚唐抑郁的云游走
洇湿信纸,洇湿绝句里的乡愁

许多植物在不同的季节生长
雨滴如泪在表情的叶脉上滚动
朝着诗,朝着思念的方向
我读诗,我误入史书洞开的门
看见一个诗人雨中的背影

我在雨之外,我在巴山之外
我在我的时代冥想或远望之外
李商隐在上,唐诗在上
千年之外的巴山雨
落在我今日的诗中

西窗之约

剪一轮圆月贴进西窗的方格

那一夜,家书与思念飘来

为谁摇动美丽而多思的烛影

在宁静里痴情地燃烧

千年遗愿

在一个夜晚豁然亮起

西窗向东沉默

拉开这个世界古老而遥远的距离

你注视我于字里行间

命运的白蝴蝶飞来,翅膀沉重

竟沾满了一山秋雨的叹息

只一纸之隔便难识其面

心里话与谁说呢,江山还在

巴山路远,读无字的西窗

一缕绵绵不绝的诗意

缠绕我潮湿的梦境

相信纪念的月亮

正从深远的天空归来,曾有西窗之约

那个感动的佳期越来越近

北碚的天空

抬起头,就是北碚的天空

因为诗而高远,诗的北碚古老又年轻

我来之前,有李商隐从晚唐出发

一路夜雨,一路巴山

缠绵而悠远的抒情烛光

在诗的上方燃烧千年

把心的大门打开,就听见诗的淅沥声

读懂巴山,读懂诗的乡愁

仰望北碚的天空,高远、明澈

诗歌中国的大西南

有缙云之灵、嘉陵之韵

响遏行云的中国新诗研究所

诗名深远而璀璨

吕进、邹绛、蒋登科、毛瀚……

诗的星辰闪烁,那是北碚的天空

一大批闪光的名字

让雾重庆的风景别具一格

本名杨坤,参加第十六届《星星》诗歌夏令营,第五期《草原》自然写作营,第四届"巴山夜雨诗歌奖"三等奖得主。

许丞

缙云山记

在缙云山尽头,他解开衣襟,去接这满山细雨
雾气宛如茫茫信仰,包裹着眼前草木和鸟鸣
此刻,他抚摸脚下的小路,并倾听群山的呼吸
而鸟鸣声悠长,高低交错,和大雾纠缠着
走进密林深处时,头顶斗篷般的阔叶沙沙响
大雾还未消散,细雨宛若一段没有句号的诗节
将绵延的诗意在山脊上延伸着。阳光下
一条细水从小路间隙往下流,他继续向前走
不远处,若干雨滴已化成灰烬,和雾气夹杂着
过缙云寺,沿路林海苍茫,有银杉,棕叶草
和很多棵金钱松在微风中轻喘,不能停歇。
眼前,香烟略微笔直,沿着庙檐深处缓缓散去
随后不知所终。他能想到的是,这群山上
将灭的细雨,也曾在缓缓挪动的人群中逐渐消退
此刻,他望向眼前巨大的山体,寺庙略显黯淡
被无边荫绿覆盖着。继续走,沿着石阶继续走
狮子峰下,黛湖堪比一块琥珀,在山腰镶嵌着
这面绿色的小型镜子,正散出淡淡茶树香
或有两三片树叶朝水面落去,在湖的边缘聚集
环绕,不发生任何动静。眼下这银杏,桂树
红豆杉旁,站满人群,他们说着不同的方言
并轮换拍照。此刻,有男孩从他眼前小跑过去
手中捏着的那只飞虫,不经意间匆匆飞去

抬头看，鸽灰色的云缓慢分开，一面大型金光

直直插进缙云山脉，将很远的小路切成两段

而他坐到碎石边，宛如苍鹭，在阳光下泛出金色

梅韵

偏岩古镇手记

在北碚,沿金刀峡往前走,过石阶
黑水河畔站满人群,他们朝古镇深处走
花岗岩一角,有人拍照。天空宛若灰色的床单
朝偏岩古镇盖去,头顶阴云亮出古老的歌喉
将眼前这座石桥传唱。古镇依靠着山
山依靠着这里的人,将遍野沙砾变成宝藏
你是否看见,路边木舍层叠,纹路有致
上面已写满时间留下的手迹和故事
在黑水河滩,十二棵黄葛树疏密有致,身影修长
他捡起一片树叶放到鼻尖,闻见脉络上
那些错综、交织的商贾船只曾煮过的酒
坐在古镇河边,他看着自己的倒影,忽闪
甚至听见百年前的子夜,人群也曾宿醉
也曾在眼下这群角楼暗处,独饮山中果酒
从小巷的青石板往左走,他细察过卖草鞋的人
也细察过肉摊边卖鲜鱼的人,他们手持货物
将叫卖声中言传下的记忆反复擦拭着
游古镇,去看摆龙门阵的老人将彼此围成圈
他坐到古树旁,比草木更安静,听着水声流动
听着来往陌生的人群,和从眼前跑过的幼童
微风吹过他的脖颈,又吹来几缕淡淡茶香
黄昏下,他再次起身,去武庙,古戏楼
拐进玉屏书院,沿熙攘的老街又去"偏岩"
好像只有这样,才能收紧心头颤抖的震撼

很多人朝江面看去

一枚孤单的喜鹊在江边散步,黑色背影离他很远
很多片红色树叶正从树梢落下。没有风
他坐在江边的长椅上,呆呆地看向黑色喜鹊
不远处,黄昏下拥挤的马路传来断断续续的鸣笛声
该去向哪里,他看见,人群从彼此的身边擦过
又在眼前这山城的尽头散去。该去向哪里
他问自己,也问即将飞走的黑色喜鹊
眼下,很多人朝江面看去,这条安静的河流
已铺满各种白色水鸟,它们从江边的长椅前起飞
随后落向更远处。现在,落日堪比一艘巨轮
在水面静静下沉着。他站起来朝东边走去
走向黑色喜鹊最初落下的地方,路越走越远
它黑色的背影,却早已不知去向,此刻
还有更多的红色树叶,一片接着一片,往下落
不知穷尽,它们又将落向哪里。起风了
山城开始繁忙起来,风声席卷落叶随意飘散着
在风中,他走上跨江大桥,朝更远处看去
橙色水面泛起淡淡波纹,弹奏出听不见的曲子

雾漫香炉石 吴祥鸿/摄

一支遥远的歌

一阵叫声从嘉陵江面传来,他沿着声音往前走
看见两只水鸟在岸边的树枝上发呆
它们不打算飞去,也不打算听太多,风的回答
在嘉陵江,若干只水鸟曾缓缓飞过
从东向西,又从西向东
它们像书页上,从未被打开的文字
诉说着,这座城市上,无数个曾被忽略的诗节
包括缙云山以南,那些云杉
公羊、竹海,以及扎进密林深处的茶树
他看见,一批又一批大风,从它们腰间掠过
从江面上清晰的倒影上掠过
好像一场又一场,黎明前的宿醉,不知归分
在嘉陵江,无数个陌生的鸟群
相互鸣叫,它们比饮酒的人更易说出
彼此的秘密。眼前,这两只水鸟,不知去向
他也不再往前走,而那最初的叫声
却在耳边盘旋,不愿散去,如一支遥远的歌

去嘉陵江边小憩

很长一段时间,他们坐在嘉陵江边小憩

看着两只水鸭从午睡中如何醒来

而不远处,一群老人在城市广场跳舞

声音如薄雾,从不远处的竹林缝隙中缓缓散开

江边草木葱郁,几根叶片在风中悬飞着

后又落向另一个地方,如扁舟

满载着他们游离的表情。不知道在想什么

或不知道去往哪里,在嘉陵江边

每一条分岔路口都会看见,老鸦轻轻踱步

还有不知名的黑鸟,兴奋地叫

此刻,他们沿小路继续走,越走越快

像是走进将黑的旷野。事实上

更像在追逐水面浮动的倒影

还有眼前这些,琉璃穹顶,长亭,瓦台

柏树,翠竹,和无数的船只

在嘉陵江边,几处江水如孤岛,而他们

只是孤岛外颇有旋律的两艘小船

环岛而行,胸中之事就会瀑布般泻下

泻下来就好了,此刻,他们越走越轻

轻如两根羽毛,在石阶上飞舞

现在,黄昏如无数灯盏,在他们的头顶

发出微亮。而间或有人拉响手风琴

演奏起一场又一场,江边的别离

曾获小十月文学奖、鲁藜诗歌奖、闻捷诗歌奖、"海子杯"诗歌奖等,第四届"巴山夜雨诗歌奖"三等奖得主。

薛培新

听，夜雨在敲打缙云山的琴键（组诗）

一

静谧啊

一滴夜雨游进缙云山的袍袖

液态的诗，来回翻滚

碎落一地晚唐气息——这铺天盖地的静谧

该如何捡拾？心绪隐晦，文字的光芒

剔亮了诗歌的灯芯

锦灰堆里翻寻，时间啊始终是个虚词

人生的狭路，帝国的末路

你踽踽独行。谁能解答潜身山水间的诗心

究竟会躲进哪个幽深的秋池

呵！一定有逸出了荒径的寂寞

长出了缙云山的词根，不然这遍野葳蕤草木

何以屏气凝神，千年只问一句归期

回家，回家。驿站已备满了发芽的烛光

此刻，让那些无法拯救的思念

都沉溺于那声清脆的滴答

不快不慢，像计数一段归去来兮

把丢失于尘嚣的行程，聚拢

还原为一滴夜雨

二

秋光盛大，秋光是静止于夜雨背后的

一个明亮的借喻，是默诵的植物们的献诗

看哪！红豆杉极尽缠绵

银杉的暗绿色球果适合孕育

缙云山的刚健蕴藏蜀锦的软糯与绚丽

借一首七绝的行距，丈量光阴厚度

万物以各自特有的书写

在记录，在阐释，在湮灭……

是缙云寺的梵音，还是白云观

守住的轩辕黄帝炼丹炉

又有谁，能如桫椤般选择亿万年坚持如一

长成一棵树的样子

其实，我想说的是：万事太匆匆

于胸臆的沟壑里，兜兜转转

爷布的九峰能否为我指点一二

将我对你的遥寄，变作一页薄纸上的炼字

令飞动飘逸的墨汁，学习

盘腿静坐——直至修道出关的彤云

送我进入千年前，那个北碚秋夜的清凉丹田

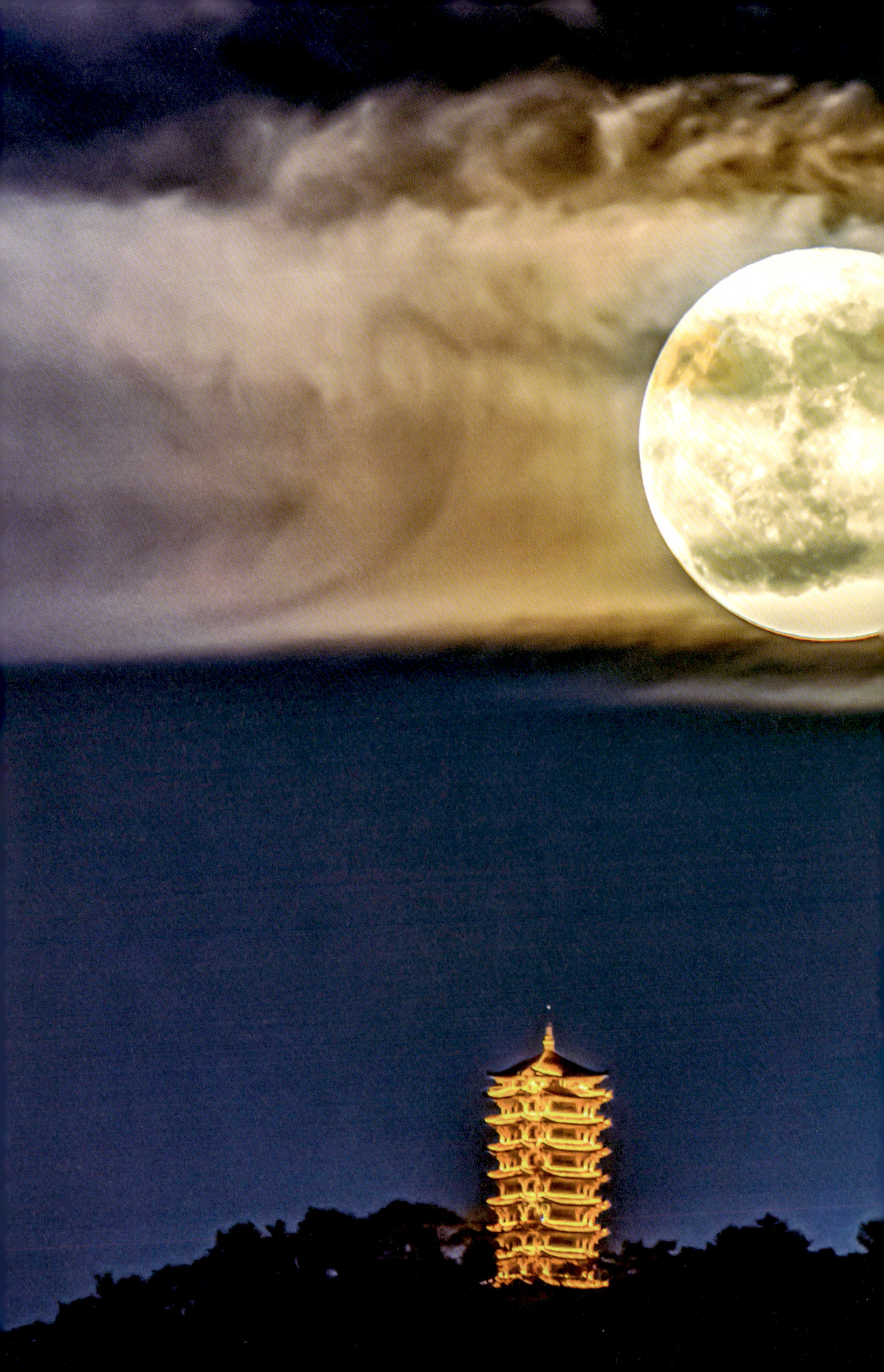

彩云追月　吴祥鸿 / 摄

三

再落一阵

秋池就满溢了。在夜里歌唱的雨

将于黎明前,走出梦的真门

在我们灵魂深处,掘开一口意趣盎然的秋池

是的!每一滴雨都有云的翅膀

每一滴雨都有辽阔的飞翔欲望

回到天空,自由飘荡

与低处的荡漾,互为证词

于是,我看见你走来,三千名流走来

——多么像那阵悄然而至的夜雨

为大地标注觉醒

从不会迟到

从不会放弃对祖国的承诺

这有力的敲打,这穿透了漆黑的夜的节拍

是怀揣光明之心的人,临渊提灯

照亮并提示我们:学会孤独,并冥顽不化地

爱这情怀烁动的一泓莹澄

四

不止嘉陵江的呜咽

不止温塘峡的逼狭

张飞古道仍在踏响历史的光脚板

金刚碑依旧扶着"立石子",坚守老去的繁华

大沱口的漩涡　还是那副臭脾气

不知呵退了多少烟尘

鱼鹰的唰啾,带着浓重的地方口音

一定是它在不停地大喊:"逢缙则上,遇云则住"

以至于你的盘桓,从此被缙云山收藏

而蓦地拔节,隆起唐诗高地

江水滔滔啊滔滔,切不断一阕长吟

回环往复之中,接驳山水的灵慧

相思岩上有相思子,舍身崖下白云竹海喁喁私语

终归动了情,终归还得放下

那些瓢泼旧事,就扔进黛湖吧

多洗几遍,洗出香辣川火锅的透亮锅底

煮开——锅气、骨气、江山元气

气象万千,放在冀望里烫一下

我的唇齿间,已是满满的北碚滋味

五

一根灯芯,剪了又剪

呵!不觉中,光阴又短了一寸……

烛花躲闪不及,面向宿命的预警,挺了挺身子

是到瓜熟蒂落的时候了

去与星子共舞一段短暂而浪漫的时光

或,就燃作思念的灰烬也罢

今夜,你我共有的夜

小小的纯净的忧伤

没有雷电,没有咆哮,没有纷争

月亮在三万里外的长安散步

锦瑟在缙云山怀中弹拨

摆在我面前的,有一盏冲泡了千年的诗词

一个北温泉的暖暖拥抱

甜茶似花蜜,故人如浓酒

一切都在陈旧,一切又新鲜如昔

西窗外,黄葛树身披夜雨

菩提树的念诵,明净纯洁。沐浴我

和深深怀想

本名杨雅，云南大学文学院博士研究生，重庆市作家协会会员，鲁迅文学院第四十三届中青年作家高研班学员，重庆文学院第五届创作员。第四届"巴山夜雨诗歌奖"三等奖得主。

杨不寒

北碚诗章（组诗）

嘉陵江独步

为什么江水会接受这些湿黑的树枝
纵容死亡，成为自由的最开始

莫非……但万物本非他者的象征
白鹭在雾中飞远，留下鱼腥味若有若无

思绪也缥缈得令人懊恼。在码头边
我停下来，重新辨认水中危险的礁石

处处漩涡湍急。有泡沫，裹着漂木
飞速旋转。如此徒劳的境地不可久居

命运里传来了隐约的浪涛，寒窗旧年
露出轮廓。须记得我们，都曾把写作

视作沙中淘金的活计。哦，多么伟大的
错觉啊，眉头堆积着古老的沙中之沙

缙云山观松

随山势旋升,事物一刀赶着一刀

剔下身外的杂质

于是在群峰构成的锯齿之上

云白得接近于白的观念

天也蓝得这样空无。而满坡松树

以锋利的苍翠,抢入我们眼中

更准确地说,是它们手上的无尽箭矢

正齐刷刷地瞄准我们

我们辛苦上山,不是为此

还能是为了什么?多么遗憾

松树欢迎的,只有最轻简的生灵

它们峭拔的箭杆

只有浑身都是翅膀的青凤蝶,可以立身

它们的仁慈,只用来装殓死者的魂魄

但必有一世,松树曾用矩形的缄默

接纳过你我……噫!看清苦之气

幽幽袭来;风声之弓,业已拉满

怪只怪俗尘淹没了今生

生活的哲学又把我们雕琢得太钝

松树守在自己的锐角里,早认不出任何一人

金刚碑一觉

被翻新的古村落,像打了个盹后
又沿着一个黑洞醒来。梦里的世界
不一定出于蚁类的营造
却有蚁穴的疏松感
木阁楼抖落木粉尘。石头
也在水涧边风化,风化又长出青苔

然后整个缩进回忆。睁开眼眉时
拍照的少女刚好挪开纤腰
金色阳光照来,小巷仿佛一把竖琴
哦,醒来。终于回到了这里
无人忧郁的时空。一位神秘的小说家
坐在露台之上,灵感未至,茶未冷

在白鱼石公园

骤雨过后,云天涌起粼粼波光
嘉陵江在公园边,浣洗它体内的金箔

草木风声还在世上悄悄走动
人间却有难得的安静。水珠从草叶上

滴落以前,我们捻熄了心头的火花
生命嶙峋的凉意让人说不出话来

仿佛最根本处的渊薮,只是一片虚空
一点也不缠绕,一点也不复杂

仿佛洼地积水,映出我们模糊的脸
除了身上衣衫,所有人都像同一个人

陷于同一场苦役。二十年憋出的长叹声里
有大鱼双鳍如翅,云影般从耳鬓滑过

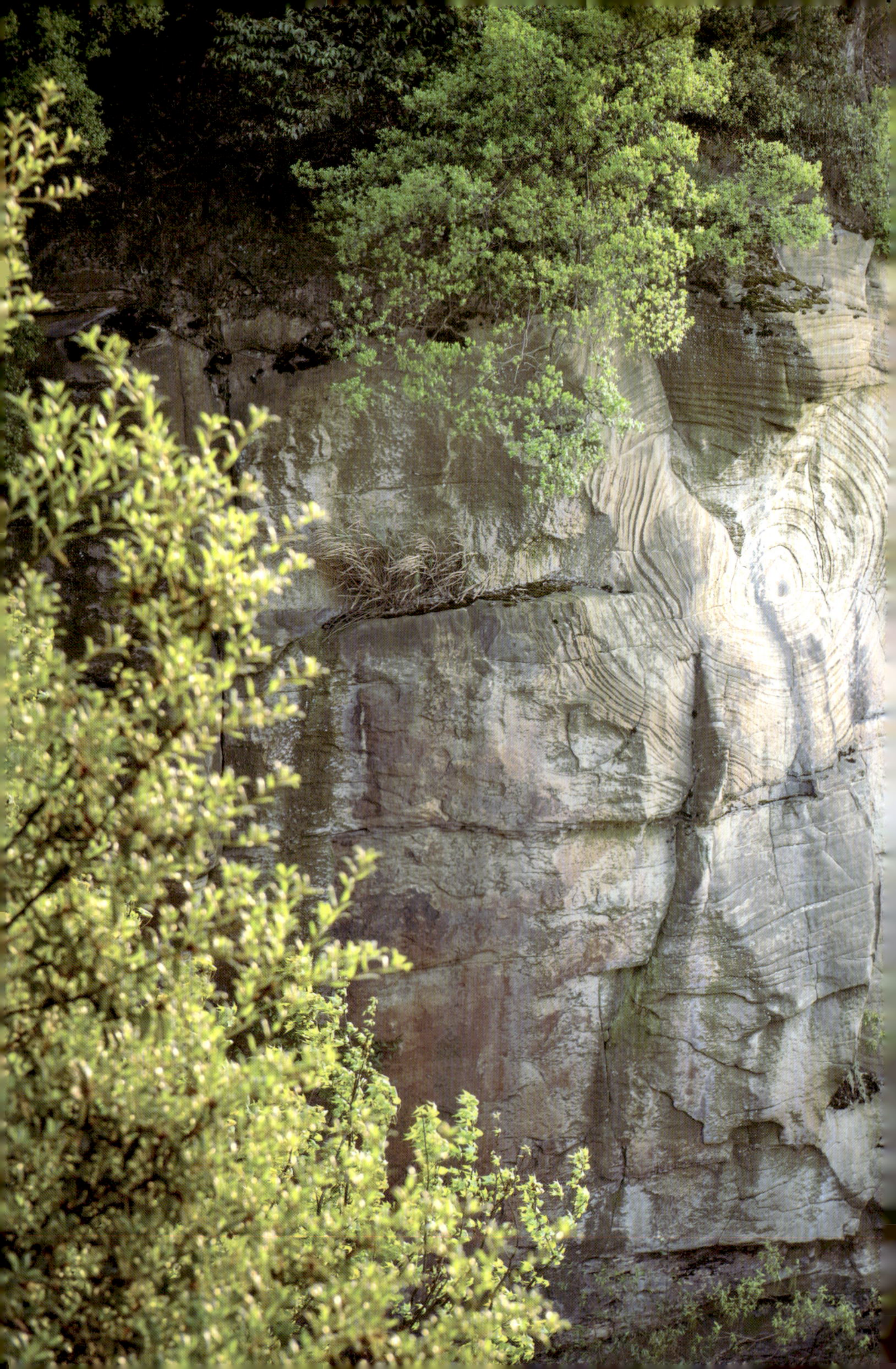

佛光崖 爱平/摄

"挟风雷"

鬓发催人惊岁月,文章小技挟风雷。
——北碚梁实秋雅舍旧居门楣牌匾题句,为梁氏好友李清悚所作

有时,我也感到疑难。不清楚自己

该站在诗学水晶的哪一边

更疑惑这种疑惑本身

是否有太过郑重其事之嫌

硕士同门前日招饮,师兄陈词:

"三月不读书,生活并没有变得更麻烦"

记得两年前,重庆虎溪大学城

深夜的影子,熬在那座钟楼似的图书馆

抗战文学早已从书籍、报刊、标语

和舞台上撤退,撤退成一个课题

那是二〇一一年。多少张书桌

都能摆得稳了,在被寒冷封锁过的土地

我却常常感到不安:唔,我究竟是

在与故纸堆征战,还是与我自己

该用怎样的姿态去讨一纸学位

从四十年代,从沈从文那里

来到北碚雅舍遂想起——"与抗战

无关"——沈从文招致的爱恨与恩怨
以及梁实秋先生,我也曾为你
做辩解,冒着内心执法神的神色森严
昔日破屋已按它的名字修葺,这座西南城市
多数人的住所,没有如此漂亮的屋檐
再待青苔生于青砖,那些墙脚硕鼠便彻底
脱下它们的形骸,幻作某种普遍概念

概念?哦,这些词,像珠子般串起的
这些联想,曾在煤油灯的微光中被暴雨浇湿
你用洋瓷盆对付好瓦间漏雨,坐在窗边吸烟
静听语言之树在黑夜里与天地对峙
落木敲打淤泥。明天不会有客人上门了
多好啊,敌机大概也不会来放肆
案头还有太多质询需要解释。所以那些烟
那些雾,谁说它们没有一点沉默的才智

或许这是另一种语言?当双鬓无可挽回
地变白,烟云就飘到你的思想边
什么时候晨曦从房顶降落
街市声声声涨起,涨满这座战时的围栏
卖烤红薯的老人走过你的哈欠
风扯着他破洞的棉衣。莫非这摞纸笺

可以缝补些什么？三粒麻雀被皮鞋惊起
看你用钞票买下几只热腾腾的早餐

透过湿冷的树杈，缙云山在远处不可遏止
地绵延。你想到同行的不满大有道理
这些年的文章皆以心血涂成
虽如玉般温热，却难敌十二月的天气
你蹙起的眉头给山城再添一座寒山
就中有难破之贼，让一切变得如此奇异
为什么想要从四面八方应对生活的人
却只得到了生活最片面的意义

在仓颉的文字里听见了隐隐雷声的人
又应该制作出怎样惊悚的闪电
——难道是因为笔的形状酷似某类子弹
哎，多么粗糙的比喻啊！叹息间
隐约看见山下被炸塌的木屋又重新
建了起来，它死去的男主人你总归见过一面
那些纸上的争吵是否还有必要继续
至少，大家都一起活到了今天

而昨天，我还在网上与人互相攻讦
因为实在看不过眼，所以言辞激越

又一次,我清楚地看见数以千计的阴魂
带着他们的偏执,住在我生命里不散不灭
有一张脸忧愁地笑着,属于湘西沈从文
也有一副面孔,来自反讽的雅舍
十余年来的写作直如蚕茧吐丝
填补人世虚无,又被困于自造的幻觉

噫,语言古奥的魔咒,死死压住我
如一把紫檀木镇尺。所有车票、杯盏
演变成文末的注脚,诗与现实
终于消弭了裂痕……事已至此,更复何言
深知那些敌意和漠视,被某双神秘之手
悄悄转嫁到了我与现实之间
无尽的断崖还在无尽地生长,而风雷声里
谁还在吗?在那黑暗的最深渊

君问归期

摁亮这盏台灯时,我的墨痕
已在北国漂入茫茫。笔画起落的
足音里,传来了夜雨的声响
而你,留在了昨日巴山

从飞白的空隙里,有想念
穿林打叶而来。我又能用哪些语词
将你衣衫烘干?只好像旧时书生
在西窗下,一遍遍温习离别的意义

难道这就是生活,用以提升爱情的
一种形式?仿佛花神,用凋落
来赞颂每一季花朵。多么值得庆幸
我们心中,皆有红红烛火待剪

让无穷昼夜啊,都变得可以忍受

中国作家协会会员，北师大文学硕士。获"紫金·人民文学之星"文学奖、《北京文学》优秀作品奖、《儿童文学》金近奖、重庆文学奖、巴蜀青年文学奖。第四届"巴山夜雨诗歌奖"优秀奖得主。

杨康

在一首古诗的褶皱里,铺平北碚缱绻现代的美(组诗)

别问归期

九月是一个嗅觉意义上的词语

桂花的香如迷人的漩涡,而呼吸是一只大手

蓝天白云被风轻轻推动

天辽地阔,一个人的心事也就藏不住了

就算一岁半的孩子,正在院坝里

追逐一只啄玉米粒的灰鸽子

就算一抬手就能摸到嘴边硬茬茬的胡子

那我也允许自己,借助回忆的翅膀

在时光里倒退

四目相对,清澈,真诚。一粒一粒的桂花

如心头的痒,如嘴边即将说出的情话

在青春的河流徐徐落下。嗅觉上,我记住了你

所有的好。后来的九月

在西南大学的校园不见你的踪迹

九月的一个小晌儿,全是美好,不带一丝忧伤

爱过,就别问归期

不要让自己在一杯纤纤玉手炮制的

陈年桂花酿里,长醉不醒

秋上秋池

一场夜雨,黛湖的水并没有涨多少
倒是丛林里的枞菌开始活跃,一只紧张的小松鼠
与路人的匆忙相撞。造访者的意思
无非是想要借助这一池秋水
忙一下情,拍一张照,并假装忧伤一会儿

发微信朋友圈,必定引用李商隐的诗句
一场夜雨,朋友圈收获的点赞不少
巴山夜雨没有涨秋池,却涨了粉
一位唐朝诗人被隔空围观

现在的我们,能有多大的忧伤呢
一场小雨成为噱头,奔赴缙云山的人络绎不绝
黛湖迅速升温,成为网红打卡地
即使来者内心有过小小不悦
风一吹就没了,光一照就散了

嘉陵江搬运着一位古国诗人
用诗句雕刻在黛湖水面的千愁万苦
到了我们,秋天就变成了一个明亮的词语
秋上秋池,北碚就变成一个幸福的词

西窗无烛

我觉得极有必要,向心念唐朝的人
发出一份紧急通知。西窗烛就不用再剪了
你来北碚,所有的光自动为你点亮
北碚嘉陵江大桥的灯光照耀一江流水,也照耀古今
正码头广场的亮度让时代无处藏身

抱歉,我是俗人一个。省下剪烛的时间
我带你去三溪口豆腐鱼美食街
尝一尝刚出锅的豆腐鱼,鱼肉的嫩
与豆腐的鲜,会让你忘记自己唐朝人的身份

金刀峡的夜空,也不需要烛光
所有的星星一起闪烁,比唐朝明亮
缙云山的夜色,也不需要烛光
植物要关闭光合作用,一只萤火虫足以在黑夜里
把我们的谈话照亮

如果你只是想点一支红烛,把酒言欢或书房静坐
那么嘉陵江畔任何一家小酒馆
就足够了,读读一条江所倡导的人生哲学
自在北碚,优哉游哉

巴山夜雨

也必须承认，一滴雨落下的传统

与你有关。雨让匆忙的事物停留，让人怀念

一滴雨在额头上冰凉，那一瞬间

我看见你的影子，周围泥土芬芳的空气里

飘过你的气息

粗壮的黄葛树也无能为力，一场雨

说下就下，像极了北碚人的豪爽与耿直

一场雨也说停就停，唐朝的雨

停在了北碚的天空

从一首古诗里，听见淅淅沥沥的秋雨

历代秋日登高的文人墨客，都会站在缙云山上

吟咏一次。在北碚听雨

在一首古诗的褶皱里，铺平北碚缱绻现代的美

拨开缭绕的云雾，北碚像是被爱轻轻擦拭过

江水之上粼粼波光反射着昨夜的坏情绪

车流有序，人流和谐。生活在此

我们就不由得对这个时代心怀感恩

蜿蜒向前 杨世兰/摄

中国诗歌学会会员,黑龙江省作家协会会员。第四届"巴山夜雨诗歌奖"三等奖得主。

杨文霞

北碚十二时辰（长诗）

一

我自那嘉陵江畔观赏这日落，这江水

抚慰告白审视准时的约会

下课的孤鹜把绿水青山的课桌搬了回来

视野用绿色累积，停在手心里一只蝴蝶擅长感知的记忆

一块胎生的巨石沾染江水的灵气

我自嘉陵江弄皱光阴的细纹，江水滔滔从容面对

一股云水滋味踏出了脚印，我自雾白水起的江岸

以备收获万千山水的脚印

我自北碚，将眼睛里的水倒干净

云雾擦拭黑眼仁，孤鹜撞击时间的指针

这缠绵的印象最难抹除

我只得伸出双手当桨

用目光驱使着身体，在嘉陵江上激流

我自这江水环拥而过，借着霓虹的酒杯壮胆

去赶赴一场星火丰硕的宴会

山野滔滔，穿透叶子的余晖，揶揄我微湿的双颊

我自江风翻动一部诗歌的长卷

人影穿梭，故事在钟声里

一度把默认视为季节的铭记

以北碚地理名词比对着颜容

我自觉窃取了这座都市花园检视山川的秘密

以江水临照，顾盼自己斑驳的身影

一副千秋大业的面孔和嘉陵江捧读的姿势

在夕阳的暗影里,互通互惠

二

我自北碚称重星辉的重量,仰视加速江水的力量

自后视镜里,远处的缙云山并不高大

巴山夜雨不再泥泞了脚印

一些弹射的东西依旧有很强的黏附力

星空倒扣,语言交给记忆

在眼神里听到了某种声音

一边是巴山夜雨,一边是,上扬的嘴角带着星宿的梦呓

一边明黄的灯火有很强的穿透力

一边看见我的双亲,在江水面前保持沉默

蛙鼓带着一阵潮音,提醒彼此存在的关系

失忆的瞳仁,失眠的江岸

我自缙云山印证中,为觊觎加注山水的注解

一张新韵的图集上,嘉陵江、缙云山都是剪影

面孔、表情、数据,汇集成文化的结晶

我自经济腾飞中,可曾想到云水之故

眉宇间一只惊鸿,担当了梦的高度

像极了汗水模拟渗透的身体

梦中的星辰挽起裤脚,试图蹚过江水

我自江北国际机场下来,山水的肝胆一个都不少

与我一并接受雨水袭来的预告

并找到灵魂的安息之所,准备迎接它的回归

我自那漫长的星际图上,已经定格在北碚的图册上

去挽救一张图纸上的混凝土

让它的光泽褪色在暮色的葱茏里

就像是保存一个新世纪的完整

三

而一片云雾还是在缙云的担当里,开始在身体里萌动

一场雨,裸露出一些根茎

一些根茎之上的事物当作礼物

与遇见的光阴相互介绍

我能感觉得到北碚内心的潮热

正于暗淡的星光中,去测试温度

我感觉那些星辉的同类,在缱绻的叶面上

从缙云山放大了十倍的力量

正以绿露的身份验算着出身

那些雾气茫茫与城市的灯火多有不同

那些在缙云山以及嘉陵江聚集的雾气

正以暗香浮动一般,冲破晨曦的牢笼

云雾高调在山体的变化中,星空的大厦将倾泻

山水的真理摆布眼前

彩色木在北碚成为缙云的又一种招呼方式

四面八方扬名立传

云雾而起,风的褶皱被熨平

每分每秒都暗藏着喧腾

只等一种光色陷入另一种光色里

只等翅膀往天堂飞翔

缙云被灯火争夺,各自为自己裁剪成一件霓裳

绿色的飘带,这时候呈现的却是一种墨绿的颜色

一些飞翔的鸟,允许在云雾吞噬大地之前出发

把鸟叫声藏进北碚

一座城就是一座巨大的鸟巢

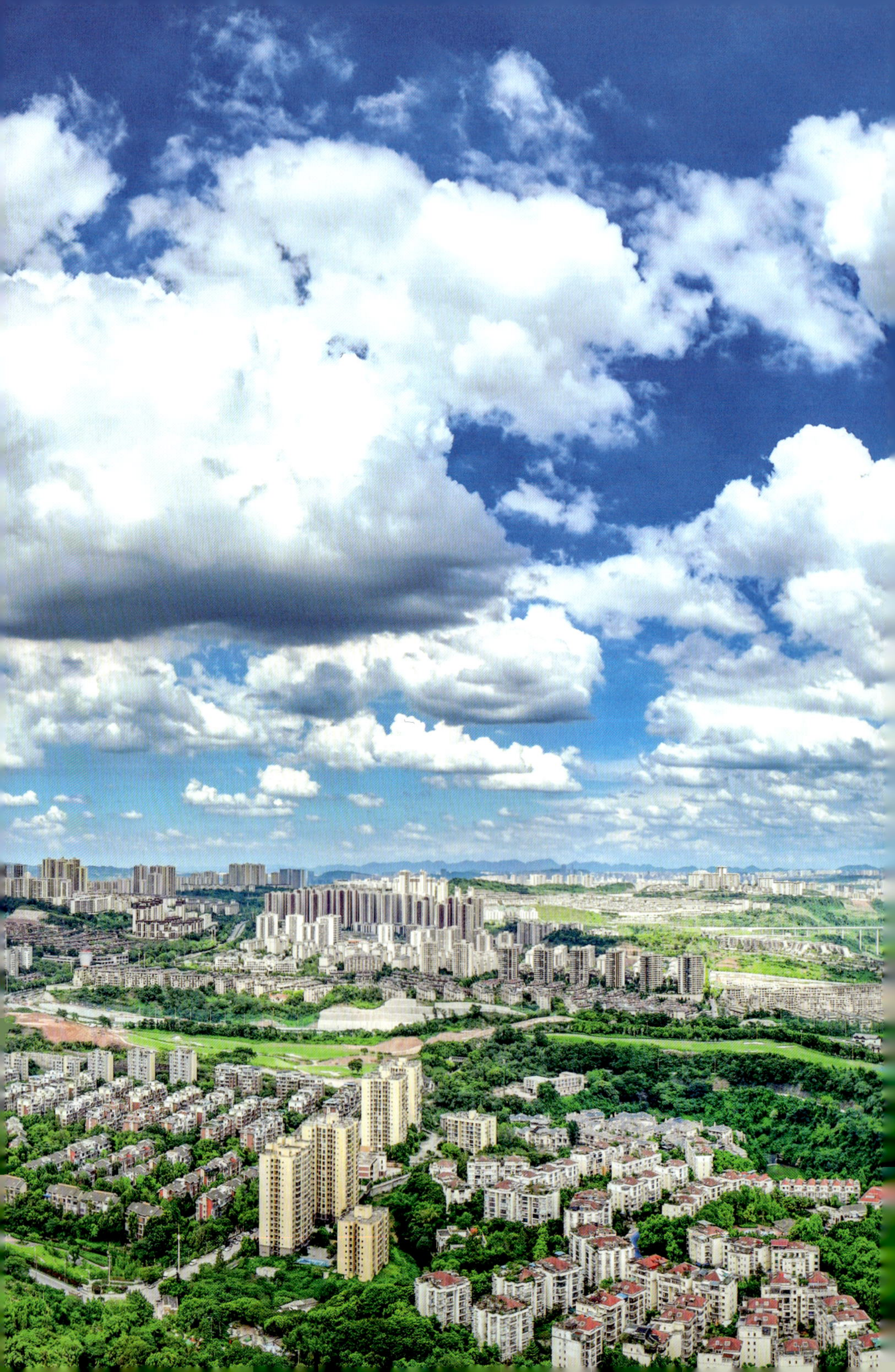

蓝天下的城市 秦廷富/摄

四

一些新植的树木在缙云山长出了新枝

每一个新枝上都挂着一枚绿色的太阳

从缙云山巅滚滚而下的流云,正化为这些心事的容器

它们滴落下来的时候,又像是巴山夜雨涨秋池

只不过,我的眼眸最先成为秋池

盈盈而动被万千绿植翻阅

只不过是,荣光有了一定的高度

与隐秘着一股生态的气质一起启程

云层夹着受伤的雷声,一根绿色的长矛戳进胸腔

江水洗涤翅膀,更激动渴望的事情就是留在缙云

随着攀升的太阳不停地呐喊

在江水穿越的城市里,半睡半醒的绿植撞击着我们

一身湿漉漉装扮,为相知寻找下一次碰头

就会寻觅到一条蜿蜒的小径,穿过一座花园

在千载难逢中,就是一种安慰

泉水卸掉了一夜紧绷的情绪,随着鸟音一同散开

当我们穿过葱茏密谈一首诗的时候

天空摇摇欲坠,因为云雾已经升了上去

不断以白云加重天空的重量

清风也不能打扫干净

这云雾的领袖

开始以巴山夜雨孕育着轮回

五

而两座山梦幻般相互转换,秋池涨水之后,风雨摇曳

唯一不同的是那条灌木掩映的小路

那些肥头大耳的叶面

跟星辰离席的时候一个样

缙云黄岭、缙云琼楠、缙云紫金牛、缙云四照花

被逐个宣召,一枚绿光模拟诗歌的形状

山水的永动机开足了马力,北温泉、金刀峡露了出来

芨芨草拼命摆脱莺飞草长的修辞语

以春风吹又生的命运隐藏绿色强大的生命

山水被修复,向我展示的是一种行为艺术

水在水的激流中,人间的烟火被举过头顶

找到一个词,在大大的花园不停挖

就挖出我们身体里百转啾鸣

在时间里分娩另一个我,在泉林中沐浴更衣

浑身带着一把大珠小珠落玉盘的秘密

就会在云开雾散的时刻,看曼妙飘浮在北碚

去修正一个诗人伟大的悖论

将那些不朽的事物重新命名

比如胜天湖,在诗词解读的镜像中显露隐喻

在生态等级上,安慰叠在一起的新枝有所差别

有的来自古木葱茏,有的来自植树造林

去修补我们在攀爬的时候,碰断的枝丫

以惊鸟发出悦耳的声音

让诗意呈现一种山水的意义

自觉在缙云山云雾中被在意,被惦记

六

还有长歌在嘉陵江的辅导中放开喉咙

楼宇把星辰接下来,花园城市名扬四方

画卷中的高架把群山峻岭连接起来

在绿色熔炼中开始重点琢磨

湖泊为创造独一无二开辟绿色的通道

公园、湿地、小微绿,泛读在经常出神的表情中

怀揣一把云水之情,雾都被葱茏驮着

彻底缓解了一天紧张的情绪

以北碚十二时辰备注,在云水的空间一见钟情

而这时的缙云山恍如一位处子

自爱的深情怜惜在星辉翠影中

这时候在金刀峡漂流的人安静地坐在一侧

排囿的心怀如磨滩瀑布,借龙凤溪渲染情绪

云朵悬停在头顶,澄明藏下万枚鸟唱

山水经典了目光的确认

繁华很近,大部分都交给巴山夜雨去编撰一部云水的诗集

而我就在这绿色宽阔的附近

与行云流水的安排,绵软了身体

像一只蝴蝶那样,穿破山水不古的原意

并带着敬意,认认真真写下北碚两个大字

以心壁为摩崖,情愿刀劈斧凿

用身体做一个会行走的绿色碑铭

古村遍布,新农村重叠抒情

一下加深了绿色憧憬里的深意

而那些辽阔的身影,刚好遮住一枚红日在缙云山的头顶

相互梦见又彼此陌生

花满家园 吴立为/摄

七

时间滴滴答答,蜻蜓落在小荷上

大地呈现敬慕,开始翻开新的一页

北温泉被重新发现,空寂与旷远,归心似箭

仿佛用春光、音乐、爱情去安排

用汤泉包裹的人,化为珍珠

何种职业、身份,已经不重要了

他们全都是北碚的贝珠,被一眼认出

还有一壶山水等着浸泡,香茗的杯口留下情意缱绻

还有东方的诗哲,正用北碚的诗意印进瞳仁

但也只能停留一秒,就被下一个场景洞察内心的暗涌

但不会回应,因为到处都是诗意的残骸

浸入骨髓里的诗意,到处都是不完整的修辞

但每一种都是一种呈现方式,每一种都以北碚为铺垫

研判各自的经历与选择

山的、水的、云雾的,明亮而简单

瓦楞、小巷、雨碑,在北碚很像一个人

正竭尽全力调动对北碚的幻觉

而一只鸟的脾气里,藏着山水最大的包容

更多的声音来历不明,而我只挑拣诗词里的樵歌

我带着他的歌唱,从缙云山下来

让剧烈的鸟叫浮出水面

一个幸福的福祉,无须人知

坐下来,看一只飞鸟斜斜地飞

也会肋生翅膀,用目光化为一道绿色的电闪

让茂林修竹在俯瞰下挺立

斑驳的小号下是一枚山水觊觎的私心

与雨雾的气质拥抱,我就听到北碚的心跳

在一枝黄色蜡梅的身上,出神地远望

八

白云竹海被特别关照,已流转成慢曲中低垂的星辰

枝叶上的绿露就是真理的身影

供养在晨曦之后,草木学会悬壶济世

看见枝条、绿叶,看不见雨打、风吹

看见一滴芳香,干干净净的洁癖

把尘世剪不断理还乱的线串起来

慕名在原地打转,无法抗拒一片缙云用山水的针脚刺绣

在堤岸、在草木中,在杯酒流觞上直抒胸臆

而北碚被水洗之后,给翅膀戴上时钟

准时按下现实主义的门铃

江滨为一个新世界出彩,楼宇写出绿色城池的座右铭

红灯、绿灯之后,放出很多人影

酷似一个个绿色修复里的小工

力争扛住各自的责任，以绿色积木搭建城市

酷似在绿色羁押的宣判里

把缙云山上的日出看作是一种常态

在北碚，爱被不断重新发现

在自然博物馆里，举办画展

在生活的图典上，找到位置

有人说灵魂是一只鸽子，已经放飞

有人说灵魂是带着绿色光芒的肉体

在塔坪寺下等着修行

而北碚的灵气已沾染一身

有人说云水之心里的禅意，发生了变异

一直靠向生活的灯火，一直用美丽的音符缀在嘴唇

当缙云缥缈在眼眸里被来回追寻

大好的时光正被鸟唱投下来

滴答滴答的时钟与日历交谈

语言承受巨大的坚持，享受的绿影难免出韵

缥缈朝日峰 吴祥鸿/摄

九

在北碚,随时随地都能触碰心里的一滴水

弯曲的风自嘉陵江就有了醉意

海底沟地下水库也有了水的容量。而亮在地表上

正化为理想之河,以一尾银鱼的在场

走出一条湿漉漉的小径

一个绿色灵魂或者一个绿色世界

一枚金币投下去,泛起的波澜

以梦表达敬意,让梦想结缘梦想

加入缙云不松开,从此生活一直在模仿秀里

加入最初的暗香奔涌,云水柔暖了狂热

一次次用锦绣斑斓撞击,用诗意的刀锋揭开谜面

加入陌生在绿色光芒的引诱

上升的云烟是叶子集体呈现的明媚

光合作用之后,被云雾罩在一种折射的下面

加入潜入的心湖,一个波涛涌来

在北碚的上空飞舞起来,一场暴雨打湿诗词的纸张

用巴山夜雨示爱,一把揪起的雾,成为晃动的枝叶和山峦

呼吸的水草漫上对岸

迟到的雄心,一夜种下八百万

随着花开,果实落地,瞬息开个满怀

在北碚,时常能看见这种激动的样子

外溢的云水流过我的身体

随时都在观赏一个女巫布施云雨

并监视云水的预言,替她打扫庭院

一眼就能确认她在哪个季节出现

下

光景随着图典泄露,埋伏的阳光甘愿退场

一片葱茏收割着诗句

季节之外,花非梦,云水的花朵真实在一枚叶子上

先花后叶,先叶后花,分享绿露

一格一格有节奏的喧哗,用白纸黑字

在十字路口分开,用绿植做标记

林海苍茫,奇峰耸翠,掠夺云朵的视线

每走一段就能听到绿色修复的声音

以万众瞩目的心态,交出翅膀更多飞翔的理由

百年的时钟挂在一棵古木上

缙云山被镜头摄像,翻遍植物志,比照审视

纪念在纪念的碑铭,被烟火赶赴

评古论今,攀升了缙云山的海拔

命令一些云水之心回到嘉陵江重新回炉

就发现时间躺在北碚,收割了万年的阳光

就发现巴山夜雨搬不动,荒野的石头长出童话

因为每一种下雨的方式不仅仅在夜里

看见绿色的火焰擦出烟火的火花

看见祖宗的家训,在庄稼与星辰的屋顶安静地生长

它们擎等着孤鹜在江面上滑行

去感受昼夜之间到来的快感

它们最先听到云水之音,搬动骨头里的烦恼

痛并快乐着,坐等天幕合起或打开

用一棵古树做研判者

十一

此时彼时,把完整留在画中

去感受每一片叶子做画中的王冠

此时此刻,想要看见风景之外的东西

而云水之心是一个很重要的东西

单纯的色彩,以及云水的乡音

正从缙云的密谋中改变现实的形状

仿佛是庄周必须化成蝴蝶才能解决虚幻与现实

仿佛巴山与夜雨结合,就是良辰与吉日

在云雾妖娆中,点染无声回到青色的枝头

微弱的闪耀相互连接,远处的星座

点燃一根夕阳的香烟

交谈的人回到含情脉脉

又点燃一根,星火的烟头一眨一眨

即便是在大话巴山夜雨时

隐秘的星空不见,也会留在心底,点亮渴望

水的船只靠岸,银鱼跃出水面

与匆匆的翅膀相互比对

穿越宁静渲染热闹的夜晚

全都是天地至美的意境

与北碚的名字联系在一起,缙云在诞生的中途就被知晓

一种意志不强的坚守,理应得到原谅

因为面对北碚的云水之心,从美的漩涡边划过

并有幸成为美的幸存者

十二

北碚，相互对称魔幻的镜子

缙云是面纱，绿植的轨道上运载星辰

欣然的云雾朦胧了画布

任凭记忆开出列车轰鸣的声音

一阵啾鸣啄开云雾，又偏离了记忆

听到声音里的回音

而云雾包裹的核心，奶白色的宫殿

于我是诗，是幸福

但我要写明白，云开雾散的时候

在我的第一行里，云水被多方解释

北碚、嘉陵江、缙云山、北温泉……

然后，我们站在了一起……

让果实落地，让蓓蕾结果

让一枚枚星辰的银钉钉下来

时光舍利的圆满

让绿色的光明，在北碚延续

寺钟震落树冠上的晚晴

火烧云的睡眠，开着黎明的铲雪车

为我开拓出一条云水之中的路

并告诉我：那个梦中常见的巴山夜雨，不是浮云

…… ……

2023.8.29

中国作家协会会员、重庆新诗学会副会长、重庆文学院首届签约作家。

姚彬

寄北碚

一

那些日子,我坐在塔坪寺的阶梯上,

给云朵写信,蘸着飞流直下的磨滩瀑布。

把峡谷和自己寄出去,

把巴山和夜雨寄出去,

把固守与叛离寄出去。

我还是少年,我的才气与日俱增,

从叙述到抒情,风度翩翩。

二

我像古人一样爱着自己。

在群山占风望气,

说服内心的繁华和凋零。

好久没回到人间了,

身上隐藏的白银,把我运送到熟悉的偏岩古镇。

我一进去,城门就打开,

月亮一个一个地落到城墙上,

像久违的侦察兵,或者闪落民间的术士。

三

我收到了天边的回信,

写满梦想、激情和祝愿,

云朵上有草甸,有街市和墨客。

它带着我慢慢移动,

然后又像细雨一样把我降落到绍龙观。

四

我住进雄性的金刀峡,

把石头当佛由来已久,

它和我心里的那块石头对应着,

有时也互相较劲,有时暗送秋波。

所以每次看见嘉陵江里雄浑的倒影,

我就欣喜——

好像心中的石头也会清晰可见,

那里面藏着雷鸣和闪电,

藏着旺盛的火苗,

藏着云水和诗心。

五

在主湾山腰的雅舍,

和一个叫海洲的中年相遇,

我们带着同样的虔诚和谦逊

寻找同样的骄傲。

先生戴着眼镜,身着西式羊毛衫,

静坐在石头上眺望前方。

夕阳点燃一盏煤油灯,

黄葛树上一枚枚闪亮的叶片,

仿佛是先生散落四处的书籍,

飞到了树上,

又像是先生送上给傍晚辽阔的祝福。

柳州市作家协会理事,柳州市签约作家。第四届"巴山夜雨诗歌奖"三等奖得主。

袁刘

云水之上（组诗）

缙云山下

古老巴山的神婆用黑布包裹一枚两分硬币
她顺便把日子和三分地，裹进去
纸钱烧下的灰就着井水饮下，似乎生活好了起来

似乎写着牌位的名字也托梦过来，青山、绿水、黑瓦外
水牛、池塘、蓑衣都很好，只有春秋，只有凉风
我看见缙云山下戴着斗笠的孩子的脸
和神婆烧出的鸡蛋裂痕一样，命里，风景无数
有痕处，云下嘉陵江

树下的村庄，黑夜里亮起的几盏灯，月光下微凉
夜风起的时候，我们好像都在温泉寺殿外乘凉
好像棕柏树下，月下的云停了一晚，我们说的话都
云淡风轻

山中笔记

雨后晴朗的山下,窗台泛起的风,摇曳绿萝几枝
日子恰到好处,晾衣绳七尺长,长度一个夏天的样子
昨天的酒没有醒过来,知了喊破了喉咙
起来了魂魄,起不来的身子,还有一两酒的重量

我记得很清楚,木门已开,门外挑粪的老人肩上
弯曲的扁担的模样,四十年光景,似雾非烟
我隔着蚊帐和一只土狗用重庆方言对话
它问的生活,一字不落
我说的日子,色泽斑驳

麻雀落在神龛上,飞起的香灰
盖过了云山雨雾
盖过了雨雾下溪流静淌
以及溪流之上,静好的生活熙熙攘攘
过不去的日子,时间只是三两天

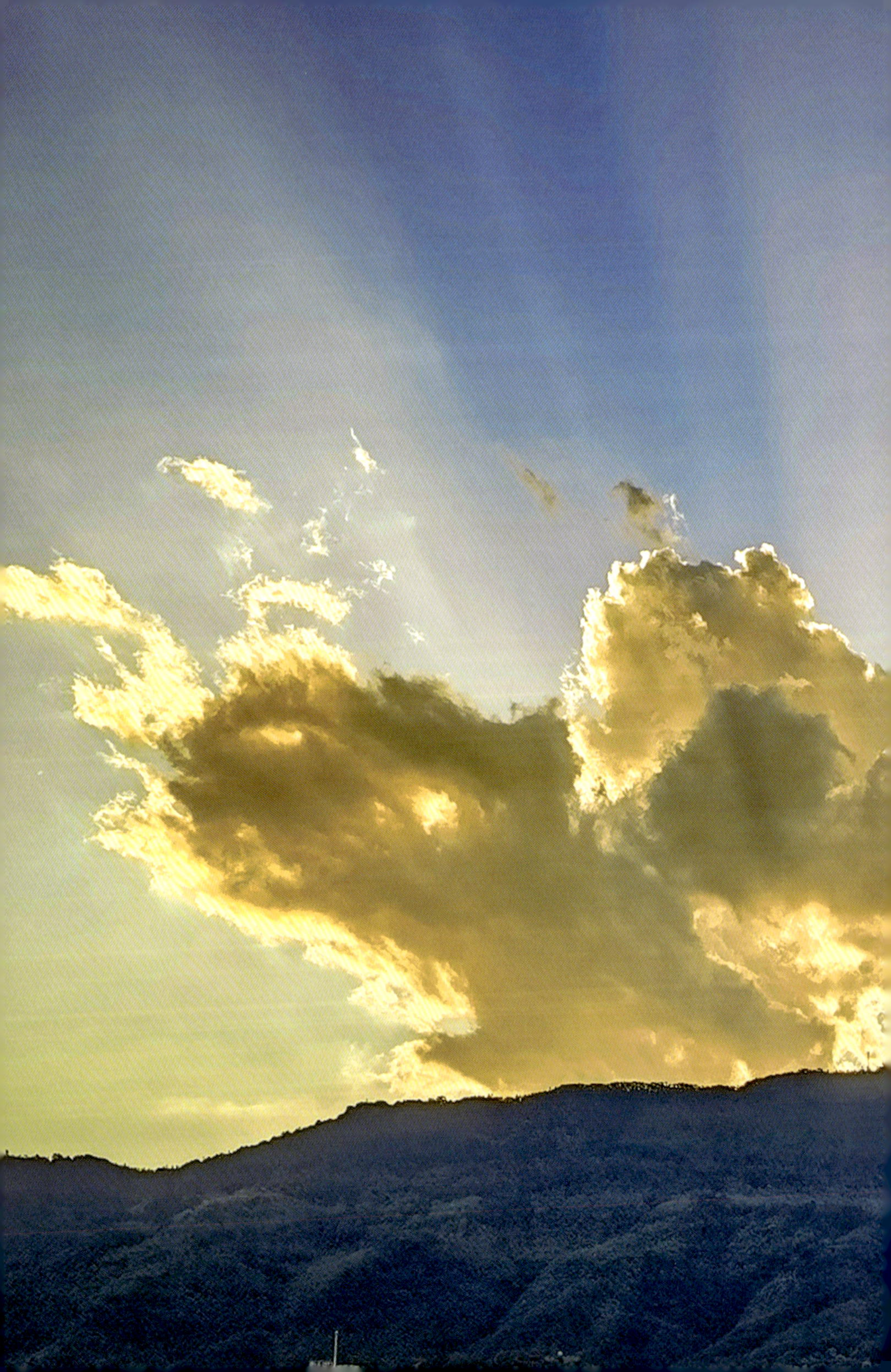

冲破　吴祥鸿／摄

峭壁上的江水

盘旋的路和天空一样开阔,云层中

蛰伏的大雁的目光

直接洞穿了峭壁之上凿空的河床,阳光之下

万物生长,生灵俯首

裂开的苍穹、闪电,也涂抹出一道波涛汹涌

缙云山下

嘉陵江扬起长鞭,放出命运的马

从此过,尘土飞扬,浪子激扬澎湃

一首诗卸下峭壁上的松柏,与柳絮一起

漫天高昂,一觉苏醒

春天过后,再次放羊耕地

一壶酒,两人对饮

云水之上

山城灌出的风挨着另一个秋天的褶皱

我拉了一下窗帘，缙云之上的炊烟

已漫过了十年

清晨未醒的露珠，被田野中一只簸箕

迁出了晨雾

那一座山脊，无数群山里最谨小慎微地

生长微凉

凉净的溪水和铁轨一样

一直匍匐向远方的躯体

连活着的姿势

都一样

雾霭深处，一会儿是山村，一会儿是城市

有时候雾霭沉沉，有时候阳光堆燥

唯一没有变的，仍然是古老巴山里

进进出出的年轻人

还有这人间小路旁，狗尾巴草之上

被露珠锁住的一整条江水

石华寺将军石　吴立煌/摄

笔名梦桐疏影，中国作家协会会员，重庆市作家协会全委会委员。第四届"巴山夜雨诗歌奖"三等奖得主。

张鉴

巴山夜雨,寂静的怀想(组诗)

缙云山的秋天——著名诗人傅天琳两周年祭

天琳老师,这是缙云山的秋天,你的秋天

多么温暖

阳光洒满金果园

现在,整座果园为你打开了芬芳的城门

天琳老师,你看见了吗?

柠檬黄了,这些果实,经过一年的苦涩相思

现在,它们的泪快涌出来了!

天琳老师,月光为你搭建了一座草房子

你一定重回这里

定居在60毫米的居室

宁静又温馨,也许,你以游子的身份回到了这里

而我,站在门外,聆听你的脚步

巴山夜雨,秋池水涨。秋风自古多情

让每一枚叶子、每一颗柠檬都成为你

西窗寒蝉,烛火如萤。秋风萧瑟无情

片片吹落记忆的落叶,目光触摸不到你的笑靥和声音

我只能把你诗句的黄丝带重新挂上枝头

你说"人生何其不易,我还要看看自己的深渊"

你去的不是深渊,而是天堂

花朵因为你,再次恋爱

落叶因为你,得到安慰

神仙因为你,爱上人间

红骏马随着缙云山的日出再次归来

这座果园,以鸟发声

从花朵撷取芳香

现在你把一牛藏讲了古老的巴山

恍惚间,我看到一位慈祥微笑的老人回来

面颊上风声流淌,头上戴着一顶花冠

压住了她一生的痛

她很轻很轻

有时是云朵,有时是花香

今天啊,山川晴朗,柠檬辉煌

你依旧那么美,那么甜,那么暖

在缙云山,在这片果园,你以云水诗心留住了

每一朵花开的果实,每一片叶子的葱茏

——你是诗的女王

秋　歌

走过七十六年,你的爱像柠檬

留给我的是酸酸甜甜的记忆

金果园的秋是最迷人的秋

金果园的黄是娓娓道来的黄

只是,这个秋天,带着低低的啜泣

在这片土地上如同淡淡的烟雾缭绕

今天,我们唤你的声音低沉、沙哑

碰触到石块、树叶和果实,发出幽幽的回声

视野里色彩的宫殿,黯然无色

在你青春的纪念碑前,我们默然泪流

风苍老之手,轻轻抚摸花朵

云低低垂首,在我耳边呢喃

此刻,我在谛听

远处的大海在耳朵里翻滚

近处的花香在心上徜徉

闪烁的阳光,隐隐的果香

你在果实里坐堂,在鸟鸣里写诗

在泉水里散步

你用花朵和云霞修筑诗歌的城堡

我们在你的城堡里驻留、缅怀、追忆……

缙云先生

草木丛生的缙云山野

荒无人迹的石径

十七年，先生早已习惯晨听松涛，晚看夕阳

结庐授课，坐废十七年——也丰盈十七年

他是大宋朝堂走来的状元先生

十七年，在八角池洗着狼毫

用手指探测时代的温度

十七年，须眉染霜，形容枯槁

一个白衣飘飘的身影，出现在狮子峰顶

随风吟出

一个时代的雄浑悲壮

他一退再退，退到断崖处

云层里传来猎猎嘶吼，远处传来滚滚涛声

不死鸟，永远怀有一种渴念

从缙云山起飞

终究，青铜的历史化为了云烟

一座孤峰在月光下苍凉

湿漉漉的雾气从山中溢出

谁，从云烟里慢慢升起

亲爱的北碚——兼致卢作孚

我慢慢行走在北碚街头,凝望梧桐树

和梧桐树投下的影子

冗长的叙事如同光影在慢慢移动

你把乱世的血迹擦净

把无家可归的哭泣安抚

把心中的天堂画在这里——

让一个落后的乡场

变成我们最美的家园

一座小城是一部待完成的史书

石头写下坚硬的风骨

流水写下柔美的诗意

一座花园小城,以平静的时间

一页一页向前抒写

你和身后的人,每一次落笔

都会搅动一幅缤纷的春色

亲爱的北碚,你的样子就一次又一次

从清晰到模糊,从模糊到灿烂

仿佛从晨曦里重新长出一幅画卷

中国作家协会会员、鲁迅文学院第二十九届高研班学员。第四届"巴山夜雨诗歌奖"优秀奖得主。

朝颜

北碚书（组诗）

在缙云山隐居

一提到北碚，就想起缙云山
一想起缙云山，就会有风自天上吹来
席卷浩荡的明月。我听见群鸟归巢
仿佛正吟诵我一生的沧桑

那时，我将"生死"二字，一刀一刀地
刻进山中那片竹林
而缙云山的"云"字，更像是一则谜语
藏在无尽的云海中

云中的缙云山，既有古意的韵脚
也有今生的眉批。无数次
我在黎明中醒来，又无数次在黑暗中
被梦境包围，仿佛为来世
埋下了无数个伏笔

隐居山中，看苍茫的光阴
高高地挂在一弯月亮上。山下的灯火
如同一场梦，演绎人生的逝水流年

一个人，微小的灵魂，在水声中荡漾
我已经习惯缓慢，习惯将
日复一日的等待

装点成苍穹上的星辰

在湖上摇橹的人,总是以退为进
而我的心事
全都荡漾成粼粼的水波
只需闭上眼睛
那些过往的离愁。未知的风雨。三生三世
无不历历在目

沿嘉陵江行走

一条平平仄仄的江,长在古诗里
便成为我最想靠近的那一条
我想沿着江边行走,不分昼夜地徜徉
想停下来的时候,就铺开宣纸
画身旁的草木,画水汽氤氲的模样

我想像一只鸟那样,停在
水墨画的中央
岁月轮转,我可以是画中的细节,也可以
是一首诗的点睛之笔

与星海相望,与命中注定的你

共同渡江,去看桃花

去将时间酿成粉色的醇酒

水流到天边

花开在眼前

一枝芦苇,为我留住晨光和水波上

几乎静止的人间

只有另一只鸟的到来,才能让江水重新

唤醒命运的内涵

飞翔。爱。自由。这样的词语,始终是我

站在嘉陵江边眺望的理由

浣衣女从我身旁经过

捕鱼人从我身旁经过

地老天荒,不过是一瞬间的事

通向诗的花径 吴立为 / 摄

沐温泉有悟

星光穿过树叶的罅隙,落在一小朵
温暖的水花上
我的手指因此多出来几分
宇宙的秘密

在北碚,我所痴迷的事物,很多时候
与生命和岁月有关
就像这里的温泉,仿佛住着
亘古凝望尘世的神女

她的眼睛里流动着,稀疏的
天地间的记忆
她看到的人生,早已积累了数不尽的磨难
人们在磨难中逐渐坚强
成为值得这片大地书写的,最美的词语

温泉的寓意,是母性的
持久的,温情的,是积攒千年的爱和期盼
水声中,人生的归去来
全都化作了热血,在身体里滚滚流淌

此时,我眼中的一切,都成为人间
母性的一部分。一个母亲,还有什么

不能够为这人间掏出呢?

骨骼、血液、眼泪,甚至五脏六腑

甚至伤口

你看,温泉边的泥土和小草

每分每秒,都在被她的慈悲沁润

北碚书

云起。风止。树叶倏忽落在流水中

我弹着琵琶,人间多少事

都在这很轻的声音里,消散成视野尽头的浓绿

风雨是我的心跳,也是我在人间

最初的朋友

那些穿过风雨的鸟兽

同时穿过我的思念,成为一首

写给北碚的诗

那些树叶,被风吹动

仿佛藏有深意的词语

一声声荡起涟漪,仿佛

树叶上有一条流淌的小河

被拉到近处

生活与远方,似乎都可以落笔

成为一行娟秀的小楷

读写江山社稷,悠长的纪年不过是

又一次,我对北碚投去

期待的目光

而北碚于我,恍如一棵大树

用年轮记载人世的沧桑

也用无边的翠绿,记载天空的蓝

还有云朵的白

本名刘洋，中国诗歌学会会员，黑龙江省作家协会会员。第四届"巴山夜雨诗歌奖"一等奖得主。

震杳

自在北碚，归期藏在一首诗中（组诗）

缙云山，唐诗的一种维度

红云蒸蔚，霞光明灭，今人眼中的缙云
与一千多年前的并无不同，云杉
阔大的枝叶盘诘着天空，溪水因细小
而清澈无比。
曲折而消瘦的山径，像一枚书签，夹在
茂密的植被中，等待被翻阅。
唐诗的血肉诞生于真实的景物，与哀愁；
巴山的历史，分为李商隐来之前，
与来之后。他打开唐诗的另一种维度，
不像太白那种，崔嵬之高，也不是子美
雄浑之阔；唯美而隐晦，缙云山幽微的内心
无法从外部探知，须像一滴雨落入黛湖
才能撬动那缜密的思绪。词语只有处在
恰当的位置，才会如塔
从清澈的湖面中升起。将真实的自己
藏在云雾里，诗人与巴山达成了默契
狮子峰，也隐去了吼叫，大音希声
听得懂寂静的人，剪着心中之烛。
缙云是诗人，也是唐的夕照，天际盛满
壮丽而无声的火焰，为唐诗做最后的淬火

自在北碚

一座蜀中小城，有着传奇的开篇。
一部鲜活的近代史，记录下苦难，动乱
与顽强的烟火气。在沸腾的火锅里
谈论天下，世间种种，无非分为
辣，与更辣。汗流浃背者在刺痛中
大呼：过瘾！嘉陵江日日被阳光刨去
多余的浪花，几只鸥，钻入浓雾，成为江畔
的白发者。在金刚碑，遍寻不到
金刚与碑，废弃的公园内开满了凌霄花
靠墙生锈的自行车，铃铛里残留着
几声鸟鸣。一扇虚掩的窗后
巴山夜雨正悄无声息地踱着脚步
金刀峡劈开的光阴，又被云雾弥合。
北温泉的暖，黛湖的清，温塘峡的瀑
水的各种形态，都归于嘉陵江
在白鱼石口中吞吐，如咀嚼星辰
稻花香透蛙鸣，田野里遗落的唐诗
长成高大的黄葛树。当我们乘船
回到北碚，小城的自在正洒满阳光
与百年前一样，它仍是尘世背后的家

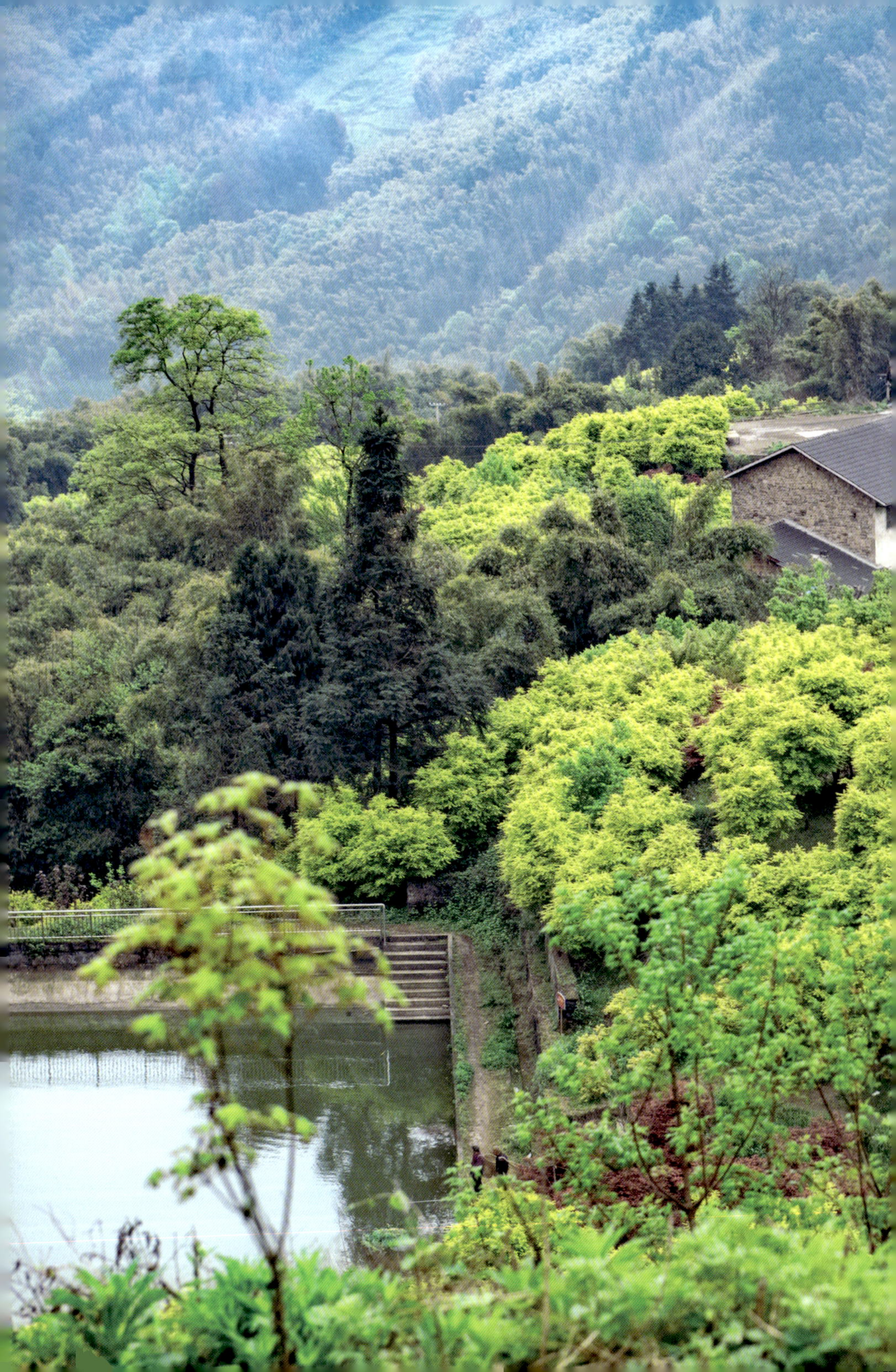

云霁山中黄金谷 吴祥鸿/摄

北碚之夜，交错的星空

西大的玉兰擎满了夜色。几个行走的
身影，酷似老舍，与梁实秋；
文采济济，曾经那么多含磷的名字，住进
小城之春，为一盏铜灯添油
而今彻夜的灯火已无须挂念，习以
为常。车窗上也没了泛白的呵气。
藤条箱子若孤舟解缆而去，留下
火锅配料般的酸，甜，苦，辣
城外嘉陵江不舍昼夜，隐在夜幕后的
消逝之谜。但耳朵里仍能听见
锋利的波浪正在削平巨石，一声
汽笛，趔趄了山头的明月与回忆。反身
迎面撞进，人间热辣的烟火，大师们
坐藤椅摇着竹扇，为年代降温。夜色中
才能看清一座城的真实面貌，
脱下长衫，西服，观念，主义，镜子宽宥了脸
普通话接纳了方言。缙云山稀疏的灯火
从唐诗的窗口透出来，跨江大桥上
往来的车辆，如流浪的词语，
在交错的星空下，完成本体到喻体的转化

黛湖,秋池谜一般的涟漪

终于,不必苦苦思量,去试图解开
命运的谜题。雨滴打在湖面
涟漪环环相扣,像一条解不开的锁链。
有时,从梦中醒来,匆匆一瞥
发现镜中的自己恍如隔世。灵魂什么时候
飘起了雨,淹没了心的池塘?
人总是无法拒绝,夜雨的侵扰,身体的
废墟滋养出蓬勃的自然。一千年了,明月愈远
黛湖仍在升高,起初是因为秋雨
后来,是因为陆续前来的人,跫音与
倒影,石子般提升了水面。愁绪终于
溢出了缙云山,溢出了北碚,涨满
唐诗的每个角落。各个时代,都有这样的
池水,远离朝堂,仰面于野草间
露出平静而清澈的脸孔。漩涡也不再
激荡着命运,而像黑洞通往另一个时空
书写巴山的信,被蝉鸣与枯叶反复誊抄
石头发冷的唇破译水波的平仄。
寄信者与收信者,也可能是同一个人
躲在树荫后,练习折叠与打开湖面的技艺

偏岩古镇

偏,是小镇的灵气所在,偏出岩石与流水
偏出清风,与浮云
像唐朝斜斜的堕马髻,别有风姿。从繁华
热闹的尘世偏出去,如一枝杏花
偏入春风与宁静;北碚有佛光岩,相思岩,舍身崖
每一个都那么沉重,迎面叩问。
偏岩古镇,绕开这些棒喝
在舒缓的光阴里,收留了石板街与吊脚楼
黄葛树翠绿的冠盖,来自枝条的
斜逸旁出,每一次偏出,都丰富着它
完美着它。斑驳的古戏台,本身也是一出戏
历史中的角色,偏入民间传说,变得
鲜活,可爱,有了悲喜。在浅溪中
摆下桌椅,喝茶,下棋,摆龙门阵
井水豆花饭微甜,清凉在脚趾间啄动;
苍鹭展翅,稻田偏向风雨与炊烟
朴素如草鞋的小镇,月光朗照着门楣
往左偏一点,是如霜的乡愁
往右偏一点,是宁静的岁月,与斗笠
心像一只归巢的鸟,难免不对它产生偏爱

现任西南大学档案馆、校史馆、博物馆副馆长,重庆市作家协会全委会委员。第四届"巴山夜雨诗歌奖"优秀奖得主。

郑劲松

缙云山月

此刻，不朽的乡愁挂在天上

每一座山巅都升起一轮故乡

这一轮叫 缙云山月

那北温泉里浸泡过的

嘉陵江水洗浴过的

温润的白玉啊

那巴山夜雨滴落银盘叮当作响的

那被九座山峰手指似

举到天上的，是缙云山月

一双温暖的手掌留下一个拇指

摁在山腰的黛湖，如同摁住

激动的心跳。那颗仙女的泪珠

荡漾开乳白色的光芒

轻轻划过千年古寺的沉钟

风中传来回声的，也是这轮

缙云山月

多么俊朗的面容在俯瞰人间

一座山脉婴儿般，在月光

在母亲慈祥的目光中安静入睡

林间的虫吟，像时断时续的

摇篮曲，梦中的琴弦奏响

多情的中秋夜

栾树笑了，在树尖结满黄金

桂花把金粉含在嘴里

银杏的叶进入中年时节

绿色的抒情里几缕浅黄色的议论

桫椤树过于古典的枝丫迎风而舞

中华枯叶蝶停在上面，像古老的化石

虚假的翅膀，时开时合的几页甲骨文、金文

或隶书与行楷

斟满秋天的酒，一饮而尽

在秋天的宣纸上涂满斑斓笔墨

送走晚霞、坐看云起时的、在每一片叶子上

写下诗句的，这轮缙云山月

塔下的灯亮了，总有鸟儿在秋夜醒来

向着月亮飞升。她们用翅膀作画

一个剪影锁定人间的自由与幸福。

她们是缙云山的动词，温柔婉转

是山月之间的使者，一声鸣叫

就把月亮喊成了中秋

是的，这是来自天上的呼唤

今夜，月亮是一张巨大的光盘

所有人的故乡都从里面打开